Douglas Kennedy

Douglas Kennedy est né à New York en 1955 et vit entre Londres, Paris et Berlin. Auteur de trois récits de voyages remarqués – *Au pays de Dieu* (2004), *Au-delà des pyramides* (2010) et *Combien ?* (2012) – il s'est imposé avec, entre autres, *L'Homme qui voulait vivre sa vie* (1998, rééd. 2010), adapté au cinéma par Éric Lartigau en 2010 avec Romain Duris et Catherine Deneuve, *La Poursuite du bonheur* (2001), *Les Charmes discrets de la vie conjugale* (2005), *La Femme du Ve* (2007), *Piège nuptial* (1997, rééd. 2008), *Quitter le monde* (2009), *Cet instant-là* (2011) et *Cinq jours* (2013). Tous ces ouvrages sont publiés chez Belfond et repris chez Pocket. Son dernier titre, *Murmurer à l'oreille des femmes*, a paru en 2014 chez Belfond.

Retrouvez toute l'actualité de l'auteur sur :
www.douglas-kennedy.com

MURMURER
À L'OREILLE
DES FEMMES

DU MÊME AUTEUR
CHEZ POCKET

L'HOMME QUI VOULAIT VIVRE SA VIE
LES DÉSARROIS DE NED ALLEN
LA POURSUITE DU BONHEUR
RIEN NE VA PLUS
UNE RELATION DANGEREUSE
LES CHARMES DISCRETS DE LA VIE CONJUGALE
LA FEMME DU Ve
PIÈGE NUPTIAL
QUITTER LE MONDE
CET INSTANT-LÀ
CINQ JOURS

RÉCITS

AU PAYS DE DIEU
AU-DELÀ DES PYRAMIDES
COMBIEN ?

NOUVELLES

MURMURER À L'OREILLE DES FEMMES

DOUGLAS KENNEDY

MURMURER À L'OREILLE DES FEMMES

Traduit de l'américain
par Bernard Cohen

Édition enrichie de deux nouvelles inédites,
également disponibles chez
12-21, l'éditeur numérique

belfond

Titre original :
DO YOU KNOW WHAT YOUR PROBLEM IS AND OTHER STORIES
publié par :

1. *A Cold War* (BBC), inédite en France
2. *Possibilités/Possibilities* (*Aéroports de Paris magazine*, décembre 2010-janvier 2011)
3. *Une erreur de parcours/A Mistake* (*Long Cours*, automne 2012)
4. *Ton problème/Do you know what your problem is ?*, publiée par Belfond, 2005
5. *Sonate d'été/Sonata d'été* (*Femme actuelle*, 27 juillet-2 août 2009)
6. *Si vous allez de ce côté du Strip/The Wrong Side of the Strip* (*Vogue France*, février 2012)
7. *He'll do*, inédite en France
8. *Couche-tard/Up Late* (*Focus*, supplément du *Vif*, mars 2013)
9. *A Bad Day/The Call* (*Vogue homme*, printemps-été 2006)
10. *Un dîner hors du commun/A Very Good Meal* (*Hôtel de Crillon magazine*, avril 2006)
11. *And Then ?* (*Parmigiani*)
12. *La Bague de Noël/The Christmas Ring* (*Elle*, 24 décembre 2007)

FSC www.fsc.org
MIXTE
Papier issu de sources responsables
FSC® C003309

Pocket, une marque d'Univers Poche,
est un éditeur qui s'engage pour la préservation
de son environnement et qui utilise du papier fabriqué
à partir de bois provenant de forêts gérées
de manière responsable.

ISBN 978-2-266-25226-3

Pour Bernard Cohen,
mon traducteur, mon ami

Guerre froide

Elle a été la première fille que j'aie regardée pour de bon. Il y en avait d'autres dans ma classe, mais elle, c'était différent. Elle m'a fait tourner la tête. Ma tête de garçon de sept ans.

Notre rencontre a eu lieu un matin d'octobre. Comme d'habitude, mon père et moi attendions le bus de mon école au coin nord-ouest de la 19e Rue et de la Deuxième Avenue, pratiquement à l'ombre de ce que ma mère, en vraie New-Yorkaise qu'elle était, appelait « notre immeuble ». La réalité était un peu moins grandiose : nous louions un quatre-pièces au onzième étage de cet immeuble. Nous étions quatre dans ces soixante mètres carrés : mes parents, mon petit frère, alors âgé de quatre ans, et moi.

Papa avait trente-cinq ans. Irlandais de Brooklyn, fervent catholique même s'il n'était pas pratiquant. Enrôlé dans les marines pendant la guerre, il avait débarqué un jour sur un petit bout de terre dans le Pacifique nommé Okinawa, encore adolescent, en compagnie de cinq des copains du quartier populaire qui avait été jusqu'alors leur univers. Il avait été le seul des six à revenir vivant à New York. Des dizaines d'années plus tard, un soir où il avait atteint un état d'ébriété particulièrement prononcé, il me confierait qu'il ne comprenait toujours pas pourquoi c'était lui qui avait été épargné.

Il était devenu un employé de bureau. Le gamin issu d'un milieu prolétaire s'était réinventé sous la forme de M. Costard-Cravate, M. Brooks Brothers, M. Mari-et-Père, et il continuait à se demander ce qui l'avait poussé à s'enfermer dans une telle impasse domestique, une vie conventionnelle qui le faisait étouffer. « Juste après la guerre, ils proposaient aux soldats démobilisés des terrains gigantesques en Alaska, m'a-t-il raconté la même nuit trop arrosée de la fin des années 1990 pendant laquelle il avait reconnu son sentiment de culpabilité d'unique survivant. J'aurais dû sauter sur l'occasion. Ou bien j'aurais dû réussir ma première année d'études à Columbia. Je serais médecin dans un endroit agréable, maintenant. Pas ici. Pas cette vie… »

Quand sa carrière rêvée n'a plus été qu'un lambeau de souvenir même pas vécu, le thème du regret est devenu sa rengaine et, dans ces moments qui s'embrumaient dès le quatrième martini, il paraissait partir complètement à la dérive, dépourvu du lest qui aurait pu lui permettre de maintenir le cap. Cependant, en ce translucide matin d'octobre 1962, il était impeccable, prêt pour une nouvelle journée au bureau. Comme tous les cadres de son temps, il portait un feutre à la Bogart et un trench-coat couleur tabac. Je le revois encore une Pall Mall, sa marque de cigarettes préférée, vissée entre ses lèvres, serrer et desserrer les poings sur le trottoir, aspirer la fumée avec une farouche détermination. Soudain, son double est apparu devant lui : même costume à rayures, même gabardine, même chapeau, sauf qu'il tenait par la main non pas un garçon de sept ans mais une petite fille, « cette » petite fille. En m'apercevant, elle s'est aussitôt réfugiée derrière les jambes de son père, passant la tête de côté de temps en temps pour attraper mon regard.

— 'jour, a fait mon père.

— 'jour, a répondu l'autre papa. Vous avez regardé JFK hier soir ?

— Comme tout le monde.

— Il paraît que l'armée à été placée en alerte DEFCOM 3. Vous savez ce que ça signifie, j'imagine ?

— United States Marine Corps, 1942-1945, a récité mon père d'un ton sec en guise de référence. Je sais ce que signifie DEFCOM 3.

— À partir de maintenant, c'est le poker nucléaire.

— Oui, mais c'est nous qui avons la main.

— Dans une crise nucléaire, personne ne l'a.

— On a la main, je répète, a répliqué mon père avec une inflexion presque menaçante dans la voix.

La petite fille a écarquillé les yeux à ce brusque accès de colère, puis s'est à nouveau cachée derrière le trench London Fog paternel.

— Eh, je voulais pas vous fâcher…

— Bien sûr que non.

Il a dit ça d'une manière qui indiquait clairement que, pour lui, la conversation était terminée. Un car scolaire qui n'était pas le mien s'est arrêté devant nous. L'homme a conduit la petite fille à la portière et s'est penché pour qu'elle le serre dans ses bras. Comme j'aurais voulu monter dans ce bus avec elle ! Est-ce qu'elle s'en est rendu compte ? Est-ce la raison pour laquelle, juste avant de grimper les marches, elle s'est retournée vers moi et m'a cherché des yeux tandis qu'un léger sourire passait sur ses traits ? Quelques secondes plus tard, elle était partie.

C'est seulement toutes ces années plus tard, lorsque cette scène est brusquement revenue sur l'écran qui s'allume et s'éteint quand bon lui semble quelque part dans ma tête, que je me suis surpris à penser que ce demi-sourire et la volte-face qui l'avait suivi allaient résumer toute ma vie sentimentale à venir. C'était, à un âge précoce, l'apprentissage de la nature insaisissable de ce qui vous charme et vous envoûte.

— Tu connais son père ? ai-je demandé au mien.

— Jamais vu cet enfoiré avant aujourd'hui. Alors, il est passé où ton fichu bus ?

J'ai senti mes épaules s'affaisser. À l'époque déjà, courber l'échine était ma réaction pavlovienne dès que j'étais atteint par les ondes de l'irascibilité paternelle. Cela ne lui a pas échappé.

— Je t'ai dit deux cents fois de te tenir droit, m'a-t-il lancé. Surtout maintenant que tu as une petite amie.

Le car de ramassage est arrivé. Quand la portière s'est ouverte, mon père m'a serré l'épaule tout en détournant la tête.

— Peut-être que je ne te verrai pas ce soir. Ça se pourrait que je sois ailleurs. Passe une bonne journée à l'école, OK ?

— Ce qu'il a dit tout à l'heure, c'était vrai ? Il va y avoir une guerre ?

Fouillant sa poche à la recherche de son paquet de cigarettes, il a coincé une nouvelle Pall Mall entre ses dents.

— S'il y en a une, elle sera courte, a-t-il prophétisé.

Sur ce, il m'a poussé gentiment mais fermement vers le marchepied du bus. Je suis monté à l'intérieur, j'ai trouvé un siège en surplomb du trottoir, mais avant que j'aie pu lui faire un signe de la main il s'était déjà retourné et s'était fondu dans la masse d'imperméables marron et de chapeaux à la Bogart qui remontaient la Deuxième Avenue pour rejoindre le monde du travail.

Ce jour-là, tous les enseignants se parlaient à voix basse, échangeant leurs appréhensions et leurs espoirs hors de portée des oreilles enfantines. Comme toujours, ma classe a parcouru en groupe trois pâtés de maisons pour se rendre au terrain de jeux du Tompkins Square Park, un espace que nous partagions avec les poivrots et les camés du quartier. Pour nous rendre là-bas, on passait devant des armureries, des cafés tenus par des Russes émigrés, des synagogues, et une pâtisserie ukrainienne dont le patron avait coutume d'haranguer ses clients dans une langue qui aurait dû nous paraître étrangère, à nous autres gamins du bas de Manhattan, mais qui faisait intégralement partie de notre paysage urbain, tout comme les clochards affalés sur les bancs du parc et les filles aux bras constellés de piqûres d'aiguille qui arpentaient le trottoir.

En continuant vers l'est, tandis que nous approchions des avenues désignées par des lettres de l'alphabet, Pam Casper s'est glissée à côté de moi. C'était une voisine mais ses parents étaient riches et possédaient une grande maison de ville à Irving Place, où j'allais souvent jouer après les cours. Pam, qui me considérait comme un « ami spécial », devenait très possessive si quelqu'un tentait de détourner mon attention d'elle. Elle avait des cheveux bouclés, des lunettes rondes de grand-mère, et elle affectionnait les maillots de gymnastc, éléments qui promettaient de faire d'elle la baba cool new-yorkaise typique. Aux récréations, elle ne me lâchait pas d'une semelle.

— Mon père dit que les Russes ne nous attaqueront pas, m'a-t-elle annoncé. Parce que sinon, on devra les attaquer, nous aussi, et tout le monde mourra.

— Eux, ils mourront, pas nous, est intervenu Pablo Laprelle.

Son grand-père était un peintre mexicain réfugié à New York, et lui-même avait déjà les cheveux longs d'un artiste et l'air évaporé d'un futur adepte de la fumette.

— Je ne te parlais pas, à toi, l'a rembarré Pam.

— C'est le pays de la liberté, je parle si j'en ai envie, a rétorqué Pablo. Ils vont mourir, et pas nous, parce que mon père a dit qu'on va installer un immense bouclier dans le ciel au-dessus de l'Amérique, et alors tous les missiles russes seront bloqués par lui.

— C'est ridicule, a assené Pam.

Quelque vingt ans plus tard, cependant, en écoutant notre Président-acteur du moment avancer la même idée sous un intitulé ronflant, « Initiative de défense stratégique », je n'ai pas pu m'empêcher de penser que, du haut de ses sept ans, Pablo Laprelle avait été un visionnaire dans ces élucubrations cosmo-militaristes.

— Tout à l'heure, tu veux venir jouer chez moi ? m'a demandé Pam.

Tout ce que je désirais, en vérité, c'était revoir la fille que j'avais croisée le matin. Même si elle s'était montrée distante et avait feint la timidité, j'étais sérieusement intrigué. Et aussi un peu fatigué par les manières envahissantes de Pam, à vrai dire. C'était là encore un élément qui allait définir par la suite mon comportement amoureux : plus une femme me rechercherait, plus je serais attiré par une autre dont l'attitude laisserait entendre qu'elle était inaccessible.

— Il faut que je demande à maman en rentrant, ai-je répondu diplomatiquement.

À mon retour à l'appartement en fin d'après-midi, j'ai trouvé ma mère dans tous ses états. Elle faisait les cent pas dans le salon, n'ayant par ailleurs jamais été capable de rester en place très longtemps, et de grosses larmes roulaient sur son visage. Dès qu'elle m'a vu entrer, elle a sangloté.

— Ton père nous abandonne !

— Quoi ? ai-je fait, absolument effaré.

— Il m'a appelée en arrivant au bureau. Il a dit… Il a dit que le monde n'existera peut-être plus la semaine prochaine, et que donc il ne voyait pas pourquoi il rentrerait ce soir dans un endroit qu'il ne supporte plus.

— Je ne comprends pas…

Ce n'était pas tout à fait exact. En réalité, j'entrevoyais ce qu'elle essayait de m'expliquer et cette perspective me flanquait une peur bleue. Parce que cela signifiait que j'allais me retrouver pratiquement seul avec elle, et ma mère…

Elle venait d'avoir trente-trois ans. C'était la fille d'un tailleur de diamants et d'une *yenta* qui, sans doute par déformation professionnelle, avait voulu faire d'elle une parfaite future épouse et ne lui avait donc jamais laissé un instant de paix. Elle l'avait envoyée dans les meilleures écoles de New York, puis dans une université assez prestigieuse. Ma mère avait eu une courte carrière de journaliste à la télévision et dans des magazines avant que ma naissance, ainsi que les mœurs de l'époque l'exigeaient, lui fasse renoncer à ses ambitions et la cantonne à son rôle de mère. C'était une femme intelligente, pleine de vivacité et de curiosité artistique, mais qui ignorait qui elle était et ce qu'elle aurait voulu être. Un constat qu'elle n'exprimerait cependant que tardivement, un soir autour de son soixante-dixième anniversaire où, en veine de confidences comme mon père, elle me déclarerait qu'elle n'avait jamais maîtrisé le cours de sa vie.

— Il va nous laisser…

Cette fois, la nouvelle est venue dans un glapissement, après lequel elle s'est ruée dans la salle de bains dont elle a claqué la porte derrière elle et ouvert tous les robinets, ce qu'elle faisait chaque fois – et c'était souvent – qu'elle voulait nous cacher sa détresse. Toujours sous le choc, je suis allé dans la chambre que je partageais avec mon petit frère. Il était occupé à empiler les uns sur les autres des cubes portant les lettres de l'alphabet. Son seul commentaire a été :

— Maman, elle pleure encore.

Après quoi, il s'est de nouveau concentré sur sa pyramide de lettres. Un moment plus tard, ma mère a quitté son refuge, tout sourire.

— Que dirais-tu d'un peu de lait au chocolat ? m'a-t-elle demandé, et on n'a plus évoqué le sujet du départ imminent de mon père de toute la soirée.

Je me suis couché à huit heures, comme de coutume. Depuis mon petit lit, je distinguais la silhouette de ma mère baignant dans la lueur grisâtre du poste de télévision. Des voix métalliques sortaient de l'unique haut-parleur, s'interrogeant sur la probabilité d'une catastrophe universelle dans les jours à venir. Je me suis laissé emporté par le sommeil. Peu après le lever du jour, je suis allé boire un verre d'eau à la cuisine. Mon père était assis dans le recoin du petit-déjeuner, une Pall Mall allumée à la bouche, les mains serrées autour d'une tasse de café, contemplant en silence l'aube envahir Manhattan.

— Tu es là…

Sans détourner son regard de la ville et du monde au-delà, il a dit :

— Je suis là.

Quelques minutes plus tard, ma mère était debout. En m'aidant à endosser mon uniforme d'écolier, elle a murmuré :

— Papa est revenu pendant que tu dormais. Tout va bien, maintenant.

Dix minutes se sont encore écoulées, et je les ai entendus se disputer dans la cuisine. Cinq de plus et mon père me poussait vers la porte de l'appartement tandis que ma mère, comme s'il ne s'était rien passé, lui demandait à quelle heure il voudrait dîner le soir.

— Sept, ça ira.

Nous sommes descendus. Dans l'ascenseur, j'ai levé les yeux vers lui.

— Est-ce que le Président va nous protéger, papa ?

— C'est pour ça qu'il est payé. Quoique je n'aie pas voté pour lui, moi…

— Donc, il n'y aura pas de guerre ?

Il a réfléchi un instant avant de répondre.

— Il y aura toujours une guerre, d'une façon ou d'une autre.

Était-ce sa manière de faire comprendre à un gosse de sept ans que la vie est par essence un chaos continu et qu'aucun d'entre nous, malgré tous nos efforts, ne peut ni ne pourra y échapper ?

Quand nous sommes sortis sur le trottoir, j'avais le cœur battant. Est-ce que je reverrais la petite fille à l'arrêt du bus ? Est-ce qu'elle me ravirait par un autre de ses sourires énigmatiques ? Mais le carrefour de la 19e Rue et de la Deuxième Avenue était désert, ce matin. Mon père a dû percevoir ma déception puisqu'il m'a sobrement promis :

— Il y en aura d'autres…

Le bus est arrivé, je suis monté dedans. En m'asseyant, je m'attendais à ce que mon père ait déjà pris le chemin du nord, en route vers ce travail qu'il n'avait jamais aimé, mais je l'ai vu par la vitre, toujours à la même place, comme enraciné à ce coin de rue, la tête baissée, la manche de son imperméable sur les yeux. Nous avons démarré et il n'a pas bougé. Paralysé par son mal-être. Immobile parce que ne sachant où aller. Le résumé de ce que toute sa vie allait devenir.

J'ai entendu l'un de mes camarades de classe derrière moi :

— Ma mère dit que ça va être une guerre froide. C'est quoi, une guerre froide ?

Possibilités

Je ne la connaissais que depuis six mois mais j'ai voulu en finir. En théorie, pourtant, cela aurait dû être parfait. Elle avait la quarantaine, comme moi ; elle était divorcée, comme moi ; sans enfants, comme moi, après avoir résolument décidé quelques années plus tôt que la maternité était un mot qu'elle ne souhaitait pas introduire dans son lexique personnel ; elle travaillait dans la finance, comme moi, et, comme la mienne, sa vie professionnelle passait avant tout le reste. Son premier mariage avait été une grave erreur, le mien aussi, et, à la suite de ce faux pas, ses affaires de cœur, à l'égal des miennes, n'avaient été qu'une succession de bévues ; tout autant que moi, elle se sentait seule et, derrière la façade d'accro au travail, elle voulait s'investir émotionnellement.

Quand nous nous sommes rencontrés et que nous avons commencé à découvrir cette symétrie frappante dans nos trajectoires personnelles, nous avons eu l'un et l'autre l'impression que la chance venait de nous sourire. Nous étions promis à devenir cette rareté : le couple idéal. Nous remplissions toutes les cases exigées. L'attirance mutuelle était évidente, le sexe sublime. C'était très clair : chacun de nous avait trouvé son alter ego.

Rien n'est plus grisant que les six premières semaines d'une histoire d'amour. La route devant soi paraît lisse et sans embûche. Et puis, pour reprendre une métaphore connue, arrive le matin où un camion s'arrête devant chez vous et un tas de bagages en dégringole. Les siens. Les vôtres. Commence alors le temps de la renégociation : pouvez-vous vivre avec tout ce fardeau dont elle alourdit votre existence ? Et elle, peut-elle supporter le vôtre ? L'idylle est parasitée par les réalités du quotidien, et les complexités qu'avait masquées le chatoyant vernis du coup de foudre apparaissent petit à petit.

La période de félicité insouciante durera éventuellement quelques mois, voire quelques années, et peut-être de rares couples parviennent-ils à maintenir jusqu'à la fin de leur vie l'état d'harmonie né au moment où leurs regards se sont croisés la première fois. Vivent-ils sur une autre planète, ceux-là ?

Quoi qu'il en soit, nous avions cru que ce serait possible pour nous, nous nous l'étions promis. Mais, les semaines passant, je me suis aperçu qu'elle luttait contre l'idée même de bonheur, qu'elle avait un besoin pathologique de le miner à chaque occasion. Au début, j'ai préféré interpréter ses accès de colère soudains, sa tendance à exploser pour les raisons les plus futiles, comme des sautes d'humeur sans conséquence, mais le doute s'est glissé en moi et il n'a cessé de grandir. Et en grandissant, il nourrissait ma vieille peur du piège, une crainte viscérale qui m'avait amené à tourner le dos à la vie conjugale lorsque la perspective d'avoir des enfants était devenue non plus une hypothèse d'école mais un objet de négociation, lorsque j'avais vu se profiler une existence de nuits ponctuées par les biberons, de « C'est ton tour » et de « La baby-sitter n'est pas libre, donc ce soir on ne sort pas ». Cette image de l'avenir m'avait finalement conduit à prendre une décision qui m'avait valu d'être traité de tous les noms par une femme qui avait proclamé un jour que j'étais l'amour de sa vie.

Et voilà que j'étais sur le point d'atterrir aux aurores à Paris après un voyage d'affaires à Toronto – une ville qui ne m'a jamais trop réussi, soit dit en passant –, en train de méditer sur mon statut d'homme de quarante-six ans sans relation stable, sans attaches. Quelqu'un qui gère l'argent des autres. Bien payé, bien installé, bien vu par ses supérieurs et ses collègues, bien dans sa routine sinon dans sa peau.

Mais ça, c'est ce que les gens voient. En privé, et surtout au moment où je laisse derrière moi ma journée de travail éreintante, quand j'éteins mon BlackBerry, ferme mon ordinateur portable, coupe la télé, me laisse tomber dans un fauteuil avec un whisky au milieu du silence de la nuit et autorise mon cerveau à dériver vers d'autres pensées, un constat incontournable s'impose : « Tu es "vraiment" seul… » Même au commencement de cette dernière aventure qui s'est mal terminée, quand je pensais encore que « tout était possible », je sentais, insidieusement, que, en vérité, je n'étais pas programmé pour une relation à long terme. Et lorsque celle que j'aimais s'est lancée dans l'interprétation de son propre scénario autodestructeur, je dois l'avouer, une partie de moi s'est sentie soulagée, parce que j'avais reçu mon bon de sortie de la prison sentimentale, une raison de me précipiter vers l'issue de secours.

Mais une fois que j'ai eu inscrit le point final à cette histoire après une agonie de plusieurs semaines tourmentées, le soulagement initial a été relativisé par des accès de désespérante vacuité, d'isolement extrême que j'essayais de combattre par le travail, la salle de gym, les voyages, les romans de gare, les dizaines de films téléchargés sur Internet, le whisky single malt et autres distractions à portée de main. Et, chaque fois, j'ai tenté de repousser cette impression cuisante de solitude en me répétant : « Au moins tu es libre ! » Ou, comme tous mes amis mariés me l'ont dit à l'époque : « Tu as ton "espace" et c'est un privilège qui n'a pas de prix. »

Comment expliquer, alors, que l'on aspire à quelque chose que l'on a obtenu sans l'avoir jamais vraiment voulu, même si, dans le secret de notre cœur, on sait que notre vie sera à jamais marquée par le vide s'il nous fait défaut ? Comment peut-on survivre à l'assemblage de contradictions que nous sommes tous ?

L'avion atterrit. Je passe rapidement le contrôle des passeports, je me plante devant le tapis roulant en attendant ma valise et je la vois. À peine la quarantaine. Grande. Élégante. Des cheveux noirs lui arrivant aux épaules. Un visage d'une beauté à la fois classique et accessible. Habillée simplement mais avec un goût très sûr, jean, tee-shirt noir, veste en cuir. Quelqu'un qui a réussi dans la vie sans renoncer à son indépendance d'esprit, qui connaît le monde et le considère avec intelligence. Des yeux bruns splendides. Et pas d'alliance ni de bague de fiançailles au doigt.

L'attirance est immédiate, irrésistible. J'imagine déjà notre vie commune. Le loft fantastique qui sera notre chez-nous, les longs petits-déjeuners auxquels ni l'un ni l'autre nous ne voudrons mettre fin, les dîners où la conversation coulera naturellement tant notre intérêt l'un pour l'autre sera profond, les week-ends pendant lesquels nous ne voudrons pas quitter le lit, l'enfant dont elle a toujours rêvé mais qu'elle s'était résignée à ne pas avoir… Et la découverte, pour la première fois dans ma fichue vie, du désir d'interrompre ma fuite en avant, de m'engager corps et âme aux côtés d'un être extraordinaire, de prendre le risque d'atteindre le contentement.

Du coin de l'œil, je constate qu'elle m'a remarqué, elle aussi, qu'elle est intriguée, qu'elle perçoit peut-être du possible. Une complice dans la capacité à rêver et à envisager ? Ou plus simplement une inconnue qui se trouve exactement au même point que moi, lasse des errements de son cœur et cependant disposée à croire que cette fois, c'est la bonne.

Mon bagage arrive. Je m'attarde le temps que le sien apparaisse. Elle s'en rend compte, sourit légèrement et fait un signe de tête qui semble m'inviter à la suivre dehors, dans le vaste monde. J'obtempère, quelques pas derrière elle tandis que les portes automatiques coulissent devant sa démarche décidée, et…

Elle se jette dans les bras d'un homme. J'ai deux secondes pour l'entrevoir avant qu'elle ne soit masquée par leur étreinte. Il est grand, beaucoup trop svelte, beaucoup trop vigoureux, et probablement mon cadet de dix ans. Je pivote brusquement sur la gauche et je me hâte, les yeux sur le sol du terminal pour ne surtout pas revoir l'image de leur intimité, ou la surprendre en train de me montrer du menton à son amoureux et de lui murmurer quelque commentaire ironique sur le pauvre type en costard-cravate qui l'a lorgnée avec tant d'insistance tout à l'heure.

« Imbécile, triple imbécile ! Ce que tu as, tu n'en veux pas. Ce que tu veux, tu ne peux pas l'avoir. »

Mais voici que je retrouve le chauffeur muni d'une pancarte à mon nom ; voici que je le laisse me prendre mon sac et me guider vers la voiture ; voici que je me jette sur le siège arrière, que mon BlackBerry s'illumine et que je constate qu'au moins vingt personnes me demandent de leur consacrer un peu de mon temps, alors qu'il n'est même pas neuf heures du matin ; voici que nous nous mêlons au flot de véhicules qui se traînent vers la ville et une nouvelle journée de travail ; voici que, surpris par le soudain et très inhabituel picotement des larmes, je cligne des yeux, passe une main dessus, et reprends ma respiration pour me préparer à donner le premier coup de téléphone d'une très longue série ; voici que je m'apprête à adopter le ton calme et péremptoire qui réussit si bien à convaincre les clients que je sais réellement de quoi je parle ; voici qu'une question dérangeante surgit dans ma tête : « Est-ce que nous ne sommes pas, presque tous, occupés à nous forger une identité qui n'a pour but que de masquer ce que nous redoutons le plus dans la vie ? »

Et dans ce tourbillon qui dure quelques secondes à peine, une idée qui s'était présentée antérieurement revient me défier : « Ce que tu as, tu n'en veux pas. Ce que tu veux, tu ne peux pas l'avoir. » Sauf qu'elle est très vite remplacée par une question plus fondamentale, encore plus obsédante, et que je soupçonne de hanter la plupart d'entre nous : « Mais ce que tu veux, c'est quoi, au juste ? »

Une erreur de parcours

Couché sur son lit de mort, Goethe fut tellement ébranlé par les ombres de sa fin prochaine qu'il cria : « Lumière ! Plus de lumière ! »

Ça, c'est une version de l'histoire. Il en existe une autre, selon laquelle, en contemplant son fondu au noir personnel, le père du romantisme allemand se tourna vers sa nurse et lui souffla : « Merde, qu'est-ce qu'il fait sombre, ici… ! »

Si j'apprécie le lyrisme de la première variante, j'ai plutôt tendance à croire qu'il a proféré la seconde. Même si nous sommes tous friands d'envolées poétiques aux moments les plus significatifs de la vie, et surtout à celui de son inévitable conclusion, nous restons majoritairement prisonniers de la realpolitik de la routine quotidienne. Et donc la machine à laver tombe en panne, la voiture ne démarre pas, votre patron est un faux jeton imbuvable, votre carte American Express est dans le rouge, la personne dont vous êtes récemment tombé amoureux se révèle être sérieusement dérangée du caisson et… merde, qu'est-ce qu'il fait sombre, ici.

« La personne dont vous êtes récemment tombé amoureux se révèle être sérieusement dérangée du caisson. » Voilà une assertion saisissante, et qui appelle tout logiquement la question suivante : « Vous voulez dire que vous ne vous en apercevez que maintenant ? » Ce à quoi il n'existe qu'une seule réponse : « Pas vraiment. »

Une autre explication surgit aussitôt à l'esprit, formulée par mon père sur son lit de mort il y a tout juste deux ans. Évaluant l'immense gâchis qu'avait été son existence, et l'insistance avec laquelle il s'était convaincu si souvent d'aller contre son intuition et ses propres intérêts, lui qui n'avait plus que quelques heures à passer sur Terre m'a chuchoté à l'oreille : « Nous ne voyons que ce que nous voulons bien voir. »

Je suppose que c'est encore une façon de dire : « Merde, qu'est-ce qu'il fait sombre, ici… »

C'est elle qui m'a appris à courir. Elle-même participait à des marathons : elle aimait le défi que cela représentait, l'effort, la mise à l'épreuve, l'édifiante souffrance. Des marathons. Avec elle, tout était marathon. Conversations marathon. Sexe marathon. Drames marathon. Crises de colère marathon. Déclarations d'amour marathon. Angoisse marathon.

— Je sais que je suis un peu extrémiste, m'a-t-elle déclaré alors que notre aventure avait débuté depuis une semaine. Et *je pique*. (Ces derniers mots en français.) Il faut que j'arrête, j'en suis consciente. Ce côté sombre de moi, je ne te le montrerai jamais, parce que tu es l'homme de ma vie. Celui que j'étais destinée à rencontrer, dont je devais tomber amoureuse et adorer tous les aspects du caractère pour toujours. Nous, c'est pour toujours, n'est-ce pas ?

— Bien sûr que oui, ai-je répondu.

« Nous ne voyons que ce que nous voulons bien voir. »

Elle était suisse. Suisse allemande. Sa mère étant

originaire du canton de Vaud, elle parlait couramment l'allemand et le français. Et avec son diplôme de droit de l'université de Columbia à New York, son anglais était plus que satisfaisant.

— Tu es trilingue, ai-je remarqué la première nuit que nous avons passée ensemble, alors qu'elle jonglait avec les trois idiomes dans nos confidences postcoïtales échangées tout bas.

— Et alors ?

— C'est un compliment.

Elle m'a attiré sur elle, de nouveau.

— Je n'ai pas besoin que tu me fasses des compliments, j'ai besoin de toi.

Personne ne m'avait jamais dit avoir besoin de moi.

Mon ex-épouse s'appelle Emma. Un prénom typiquement britannique, et, de fait, elle était anglaise jusqu'au bout des ongles. J'étais tombé amoureux de tous les traits nationaux qu'elle semblait personnifier : sa lucidité, son intelligence inflexible, son profond sens de l'humour, ses explosions de passion sous une apparente froideur. Elle était avocate. Ancienne d'Oxford, cultivée et raffinée, d'une vivacité d'esprit affolante, elle arrivait à surmonter un manque de confiance en elle qui n'affleurait que rarement. Américain mais de mère française, j'exerçais la même profession qu'elle. Après avoir grandi à moitié à San Francisco, à moitié à Paris, bilingue, je travaillais pour un cabinet de droit international à Londres, et c'étaient des collègues qui nous avaient présentés l'un à l'autre.

Nous étions tous deux de jeunes trentenaires, tous deux échaudés par des histoires d'amour qui avaient mal tourné. Bref, c'était une concordance de temps très propice, un facteur essentiel dans les affaires de cœur. La question de la maternité occupait une grande place dans les pensées d'Emma, et j'ai repoussé les doutes que suscitait une certaine réserve chez elle, inhérente à son caractère. Moins d'un an plus tard, nous étions mariés.

Nous avons suivi le parcours de tous les couples de la classe moyenne une fois qu'ils ont échangé leurs alliances : nous avons acheté une maison dans un quartier branché de Londres (Islington), nous l'avons meublée, nous avons donné des dîners et nous sommes allés à des dîners, et au théâtre, et à l'opéra. Nous avons eu une fille, Abigail, et chacun de nous, à sa manière très spécifique, est tombé complètement sous son charme. En revanche, plus le temps passait moins nous étions, ma femme et moi, sous le charme l'un de l'autre. La lassitude a envahi notre vie conjugale à la façon d'un cancer. Nous en étions arrivés au point où nous étions incapables de parler de la disparition de la passion entre nous, et tout a commencé à s'effriter en silence. La structure ne tenait plus.

Il y a un an, Emma a annoncé plutôt froidement qu'elle trouvait « sage que nous nous séparions un moment pour faire le point ». J'ai vainement tenté de la convaincre du contraire. Quand je l'ai suppliée de nous donner une seconde chance, elle a répondu par une demande de divorce en bonne et due forme. J'ai dû quitter notre domicile, dévasté par l'idée que je ne pourrais plus partager le quotidien de ma fille âgée de neuf ans. J'ai proposé de consulter un conseiller matrimonial mais Emma était fermement résolue à tourner la page. J'ai fait une dépression dans le plus grand secret : perte de sommeil, brusques accès de pleurs, sensation de n'avoir plus le moindre repère. Même si j'ai pris soin de garder cette crise pour moi, le grand manitou du cabinet, remarquant un jour ma mine de déterré, m'a donné l'ordre de changer d'air pendant deux semaines. Je les ai passées à faire du trekking dans les Rocheuses canadiennes. Si elle n'a pas dissipé l'angoisse, cette randonnée m'a au moins permis d'échapper un temps à la grisaille oppressante de ma vie.

À mon retour, le grand manitou m'a informé que le cabinet cherchait un nouveau représentant pour Paris. J'ai tout de suite accepté cette mutation. On m'a trouvé un appartement de fonction près de nos bureaux, derrière l'avenue George-V, et je me suis donné six mois pour m'extraire de ce quartier sans vie. Je suis devenu un père du week-end, me déplaçant tous les quinze jours à Londres pour passer deux journées très attendues avec Abigail. À Paris, le travail était relativement intéressant, mais, à quarante-deux ans maintenant, une activité « relativement intéressante » – pour l'essentiel la préparation de contrats de fusions-acquisitions – prenait l'allure d'une resucée du mythe de Sisyphe… Je m'y suis absorbé, néanmoins, et avec un certain succès, parce que c'était un moyen de repousser la tristesse au second plan.

Autrement, il y avait la culture. Durant mon temps libre, je fréquentais les petits cinémas d'art et d'essai, les clubs de jazz et les salles de concerts. Lorsque je plongeais dans la nuit parisienne, seul la plupart du temps, j'étais uniformément en noir, du blouson de cuir aux bottes en passant par le tee-shirt et le jean. Ma façon à moi d'essayer de me fondre dans le petit monde d'Oberkampf et du canal Saint-Martin, où j'habitais désormais, de me convaincre que j'étais « branché », de déguiser le fait que j'étais un avocat ayant dépassé la quarantaine, seul, à la dérive, désabusé et le cœur en charpie.

Et c'est alors qu'elle a fait irruption dans mon

existence. Gitte. Et dès notre première nuit ensemble, elle m'a dit que j'étais l'homme de sa vie.

Gitte. Nous sommes entrés en collision lors d'une réception organisée par son entreprise. Elle était très grande. Proche des deux mètres. Mince. Sportive. Quarante ans à peine. Belle d'une beauté un peu froide. Même si elle irradiait une grande aisance en société et l'assurance de sa profession, j'ai surtout été frappé par l'étincelle de désir qui a passé dans ses yeux lorsque nos regards se sont croisés.

— Je vous ai vu l'autre soir à l'Action Christine, m'a-t-elle assuré une fois que nous avons été présentés. La séance de 21 h 45 de *Vertigo*.

— Je suis impressionné. Mais pourquoi ne pas m'avoir dit bonjour ?

Elle a eu un rapide sourire.

— Je ne vous connaissais pas.

« Mais vous m'avez remarqué », me suis-je dit, et comme si elle lisait dans mes pensées elle a continué d'un ton où perçait une ironie amusée :

— Et maintenant, vous allez me prendre pour une dragueuse. Une dragueuse suisse.

— Une dragueuse suisse ? Il n'y a pas une contradiction dans les termes ?

Un petit rire.

— Vous avez de l'humour, donc. Pourtant, vous n'êtes pas new-yorkais…

— Les Californiens peuvent en avoir.

— Rarement. À quoi sert d'avoir de l'humour quand on a la chance d'être zen ?

Un autre de ses brefs sourires, puis :

— Votre français est bon. Pour un Américain.

— Merci pour le compliment relatif. Ma mère, qui est née et a grandi à Neuilly, m'a…

— Oui, je sais tout ça.

— Vous… Mais comment ?

— J'ai fait mes petites recherches quand j'ai vu votre nom sur la liste des invités à ce pot.

— Ah… Et qu'avez-vous trouvé ?

— Emmenez-moi dîner et je vous raconterai. (Encore un sourire tandis qu'elle me regardait encaisser le choc.) Je suis trop suisse, trop directe ? s'est-elle enquise.

— Pas du tout.

— Menteur, a-t-elle glissé en me donnant une petite tape sur le bras.

Et c'est ainsi que cette histoire a commencé.

Pendant le dîner, ce même soir, j'ai appris que son père était un gros banquier qui avait quitté sa mère quand Gitte avait treize ans. Surmontant le traumatisme du divorce, la mère s'était remariée à un autre banquier qui, selon Gitte, avait tenté de la « sexualiser » alors qu'elle avait quinze ans. Sa mère ayant choisi de fermer les yeux sur l'incident, Gitte avait exigé d'aller habiter chez son père, lequel avait refait sa vie à Genève avec une femme très parisienne et très possessive. Envoyée dans un pensionnat, Gitte n'avait guère vu ses parents, depuis. Sa scolarité terminée, elle avait été acceptée à Sciences-Po, puis à la faculté de droit de Columbia à New York. Là, elle avait eu avec l'un de ses professeurs une histoire d'amour qui avait mal fini : « Pas de scandale, mais il a perdu son poste », a-t-elle déclaré, et bien que tenté d'en savoir plus j'ai préféré ne pas la questionner davantage. Revenue à Paris, elle avait travaillé dans deux cabinets de conseil juridique mais des « problèmes » l'avaient contrainte à démissionner chaque fois au bout de cinq ans. Aujourd'hui, elle avait un statut d'associée dans son nouveau cabinet, et ça lui convenait bien : « Je garde ma vie privée et celle du bureau complètement séparées. C'est une leçon que j'ai retenue. Comment peut-on vivre sans apprendre de ses erreurs passées et sans aller de l'avant ? »

Elle a caressé le dos de ma main d'un doigt volontaire. Et elle a souri, un sourire qui disait clairement : « Je te veux. »

Et je n'avais pas été désiré avec une telle intensité depuis des années.

Elle habitait dans le Xe arrondissement, près du canal Saint-Martin. Rue Beaurepaire, une artère qui donnait déjà des signes de cette transformation de la ville que j'ai appelée, alors que nous passions devant une enfilade de boutiques très chics, la « maraisisation » de Paris : un quartier populaire plus ou moins délabré était en train de se faire phagocyter petit à petit par la monoculture de la mode. Amusée, elle a lancé :

— Encore une contradiction dans les termes, et spectaculaire encore : un Californien avec de l'humour.

— Nord-Californien, ai-je corrigé.

— En tout cas, quelqu'un qui aimerait bien faire quelque chose d'autre que des montages juridiques…

— C'est vrai de la plupart d'entre nous, non ?

— C'est une profession qui a ses bons côtés.

— Mais qui, pour le reste, est…

— Si tu pouvais en changer demain, tu ferais quoi ?

— Si j'étais sûr de pouvoir gagner ma vie autrement ? J'écrirais, évidemment. N'est-ce pas ce dont rêvent tous les costumes-cravate américains dès qu'ils se retrouvent à Paris ?

— J'en connais qui aiment ce qu'ils font. Mais bon,

ce sont vraiment des « costumes-cravate », eux, alors que toi… tu sembles être plutôt un artiste refoulé.

— Ce n'est pas la même chose qu'un écrivain.

— Tu as déjà écrit ?

— Quand j'étais étudiant, oui. Et je n'arrête pas de me dire que je m'attellerai un jour au roman que je me promets quotidiennement de pondre depuis ces quinze dernières années…

— Un roman sur quoi ?

— Sur un avocat qui plaque tout.

— Je ne vais pas te demander s'il sera autobiographique…

— Je laisserais tomber mon boulot demain, si je pouvais. Seulement, j'ai des responsabilités. J'ai une fille. Et elle est tout pour moi.

— Et c'est l'un de tes nombreux côtés séduisants. Que tu sois un aussi bon père. Et ton ex n'est pas… ?

— Légalement nous sommes encore mariés, l'ai-je interrompue, mais le divorce sera prononcé dans les six mois à venir.

— Ta future ex, donc. Elle ne voulait pas un deuxième enfant ?

— Non. Un seul lui suffisait. D'ailleurs, avec le recul, il n'y avait pas assez d'amour dans notre couple pour faire naître l'envie d'un autre enfant.

— Mais il y en a eu, non ?

— Quand on aime sincèrement une femme, suffisamment pour construire une vie commune, bien sûr qu'on veut un enfant avec elle…

Je le reconnais : c'était une tentative de séduction délibérée, puisque Gitte avait mentionné à plusieurs reprises au cours du dîner que son grand regret, lorsqu'elle considérait le « terrain vague » de sa vie amoureuse passée – c'était l'expression qu'elle avait utilisée –, était de ne pas avoir eu d'enfants. Étant donné qu'elle n'avait pas cessé de poser la main sur mon bras pendant la soirée, de boire chacune de mes paroles, de me dévisager d'un regard qui disait : « Tu es tout ce que je veux depuis toujours », comment n'aurais-je pas pu être immédiatement envoûté ? Elle était tellement élégante, et cultivée, et fine… Et elle se sentait aussi seule que moi, à l'évidence. Deux êtres qui venaient de passer le seuil de la quarantaine, tous deux déçus en amour, tous deux à la recherche de quelqu'un répondant plus ou moins à leurs attentes intellectuelles et sentimentales, tous deux désespérément prêts à établir le contact – ou du moins c'est ce que je croyais lire en elle –, et soudain nous étions là, elle, moi… Je lui ai demandé :

— Et si tu pouvais changer d'existence demain, toi ? Faire quelque chose de différent ? Ce serait quoi ?

Nous étions devant sa porte. Elle s'est tournée pour prendre mes mains dans les siennes.

— Je serais l'amour de ta vie.

Il n'y avait plus rien d'autre à faire que tomber dans les bras l'un de l'autre.

Il y a le sexe qui craint. Celui qui enchante. Celui qui fait dire bof. Le sexe vindicatif. Le sexe jubilatoire. Le sexe sportif. Le sexe répétitif. Le sexe impératif.

Et puis, beaucoup plus rare, il y a le sexe qui transcende. Celui qui vous persuade que vous êtes engagé dans la forme de communication et d'échange la plus sublime qui soit, quand toutes les barrières tombent, quand vous vous sentez en fusion avec l'autre, quand la rencontre physique vous paraît l'expression la plus exaltante et la plus sincère de l'amour qui vous envahit et vous transporte.

Le sexe transcendantal. Il pousse le compte-tours de

votre cœur dans la zone écarlate. Il vous dit : « Ça y est. » Parce que vous percevez que l'être avec lequel vous atteignez ce huitième ciel éprouve exactement la même chose que vous.

C'est en tout cas ce qui m'est venu à l'esprit lors de ma première, extraordinaire, nuit avec Gitte.

— Ne me laisse jamais partir, a-t-elle murmuré à mon oreille alors que nous reposions enlacés dans le lit.

— Non, je ne te laisserai pas partir.

— Et moi non plus. Tu es l'homme de ma vie.

Le lendemain matin, après avoir fait tout aussi éperdument l'amour, nous prenions une tasse de café et buvions un verre de jus d'orange dans sa cuisine quand elle a poussé un trousseau de clés vers moi sur la table.

— Viens vivre ici.

Sans réfléchir une seconde, j'ai répondu :

— Évidemment.

Et, ce soir-là, je suis arrivé avec deux valises et mon ordinateur portable.

Était-ce de la hâte, de la témérité, de l'imprudence, de l'insouciance, de l'inconséquence ? Je plaide coupable. Parce que, à ce moment, j'étais follement heureux d'être pressé, téméraire, imprudent, insouciant, inconséquent et tout le reste. Et Gitte aussi. Je me suis installé chez elle et nous avons joué aux grandes personnes. Nous étions inséparables. La passion semblait partagée, les attentes satisfaites à un point stupéfiant. L'ajustement à cette vie quotidienne et fusionnelle a été un ravissement. J'étais recherché, désiré, admiré. Tout ce qui venait de moi l'enchantait, tout ce qu'elle représentait m'envoûtait. Son appartement était tapissé de livres, c'était une lectrice insatiable qui avait également de la musique classique et du jazz à foison, et qui s'est réjouie de constater que nous pouvions parler aussi bien de Mahler que de Bill Evans. Nous allions au cinéma deux fois par semaine. Nous lisions allongés ensemble sur son canapé, sa tête sur mes genoux. Nous faisions l'amour sans arrêt, avec une ferveur et une avidité qui étaient une découverte pour moi. Et pour elle aussi.

— Le dernier type avec qui j'ai été détestait ça, m'a-t-elle confié.

Et c'est ainsi que son passé a été dévoilé peu à peu.

« Je pique » : elle m'a fait cet aveu alors que notre liaison avait commencé une dizaine de jours plus tôt. Elle a poursuivi :

— Il faut que j'agresse l'homme avec qui je suis, mais avec toi ce sera différent. Tu n'es pas comme « eux », toi, tu es si loin de ça. Et je suis certaine que nous pouvons trouver le bonheur parfait ensemble… Mais, c'est un fait, je pique.

Cela aurait dû m'alerter. Au lieu de quoi, je me suis focalisé sur la deuxième assertion : « Avec toi, ce sera différent. » Le simple fait qu'elle puisse me raconter comment elle avait traité ceux qui avaient croisé son chemin jadis était évidemment la preuve qu'elle ne se comportait plus de cette manière.

Après des années en compagnie d'une Emma dont la réserve confinait à la froideur, j'étais soudain lié à une femme qui me répétait que j'étais son idéal masculin, solide, responsable, réfléchi, concerné, passionné, que sais-je encore. La vérité, si terrible soit-elle à admettre, c'est que je ne me sentais le droit de revendiquer aucune de ces qualités. Comme la plupart d'entre nous, je gardais vis-à-vis de moi-même un océan secret de doutes, d'insatisfactions et de déceptions. Mon expérience, acquise notamment dans mon milieu professionnel, m'a persuadé que l'arrogance dissimule toujours une faille : plus quelqu'un se hausse du col, plus son manque de confiance en lui est profond. Ce qui me caractérisait, moi, c'était une gigantesque incertitude, et un degré d'autosatisfaction voisin de zéro.

Mon père, qui était un avocat en droit pénal très célèbre à San Francisco et dont la spécialité était d'envoyer les coupables de délit d'initié dans les prisons pour cols blancs – surnommées clubs fédéraux –, se plaignait souvent que je sois un enfant timide et toujours plongé dans un livre. Ma mère, Ségolène, partageait sa philosophie de battant et regrettait également mon caractère pusillanime, et, restée très française en dépit de toutes ces années à Frisco, elle professait la nécessité d'une approche épicurienne face aux aléas de l'existence. « La prudence, ça limite, m'avait-elle mis en garde un jour tout en allumant l'une de ses vingt cigarettes quotidiennes qui allaient l'envoyer dans la tombe à cinquante-huit ans seulement. Il faut que tu arrêtes d'avoir peur du risque. »

Cet avertissement m'est revenu en mémoire au moment où Gitte m'a déclaré : « Je pique. » Et devant la passion débridée qui caractérisait notre relation, ces manifestations d'amour aussi enflammées que répétées, je me suis convaincu que j'y étais enfin parvenu, que je laissais enfin libre cours à mon côté sentimentalement intrépide.

« Je pique. »

Et : « Avant toi, c'est drôle, j'ai toujours fréquenté des types petits. »

Pierre, par exemple. L'un des fondateurs du premier cabinet d'avocats qu'elle avait intégré à Paris. Marié, et de vingt-huit ans son aîné. Un mètre soixante-six : oui, elle m'a même gratifié de ce détail. Et qui, durant les sept années où ils ont entretenu une liaison – elle avait vingt-huit ans à ses débuts, lui cinquante-six –, l'avait toujours vouvoyée.

— Tu as passé sept ans avec quelqu'un qui ne t'a jamais dit « tu » ? me suis-je étonné.

— Pendant les six premiers mois, il n'a pas pu avoir une seule érection.

— Et… tu es quand même restée avec lui ?

— C'était un défi, pour moi, et il a fini par surmonter ce petit problème. Cela dit, on se bagarrait tout le temps. Quand je l'ai laissé tomber après toutes ces années, il a eu le cœur brisé. Il a essayé de me virer du cabinet. (Un mince sourire est apparu brièvement sur ses lèvres lorsqu'elle a ajouté :) Il n'y est pas arrivé.

Une pause, puis :

— L'une des raisons pour lesquelles je l'ai quitté, bien sûr, c'était Jackson.

— Et qui était Jackson ?

Là, j'ai presque tout appris de Jackson Henry : producteur bien connu à Hollywood, vrai gars de l'Ouest venu de son Wyoming natal, réputé dans tout L.A. pour se rendre à ses déjeuners d'affaires en bottes de cow-boy, ainsi que pour être un grand buveur et un fumeur invétéré, ce qui faisait de lui un oiseau rare au sein de ce petit monde obsédé par la santé. Ils s'étaient connus alors qu'il produisait un film à Paris. Après un week-end passé ensemble, Gitte l'avait trouvé extraordinaire. Malheureusement, il était marié, lui aussi, mais il était nettement plus jeune et plus grand que Pierre.

— J'ai tout de suite compris qu'entre nous c'était vraiment de l'amour. Et pour Jackson, ç'a été pareil. Mais il ne pouvait me voir qu'une fois par an. Même si on s'envoyait des e-mails tous les jours.

— Pas commune, cette histoire d'amour…

— On s'aimait !

— Mais si vous ne vous voyiez qu'un week-end par an… ?

— On s'aimait.

Son ton catégorique m'a dissuadé de chercher à en savoir plus. Et puis, très franchement, je n'avais pas envie qu'elle me parle de ses anciens amants. Notamment qu'elle m'entretienne des détails touchant à l'anatomie des hommes qui avaient partagé son lit, ce qu'elle était encline à faire à tout moment, de but en blanc au milieu des conversations les plus anodines. Un soir, nous parlions d'Istanbul, que j'avais visité avec Emma au début de notre vie commune, et Gitte de déclarer :

— Oui, j'y suis allée une fois avec Philippe.

— Philippe ? Qui était-ce ?

— Oh, une toquade. Il m'a invitée à passer un week-end à Istanbul. J'aurais dû refuser, remarque, parce que dès que j'ai vu sa petite bite ridicule…

Pourquoi ne l'ai-je pas priée de ne pas revenir sur ce terrain ? La description de son amour extrêmement transatlantique avec Jackson, son insistance sur l'impuissance de Pierre, toutes ces informations anatomiques très concrètes auraient dû m'amener à ce constat : « Certes il arrive que nous ayons une vie sentimentale compliquée, mais celle de Gitte présente une tendance sadomasochiste plus que prononcée. » Je ne l'ai pas fait parce que la galerie de portraits de ses anciens amants confirmait le message qu'il m'avait déjà plu d'entendre : « Toi, tu n'es pas comme eux. Toi, tu es sérieux, tu es réel. Toi, tu es un "vrai homme"… » Ah, comme j'avais besoin d'être flatté de la sorte, comme j'avais besoin d'entendre une femme telle que Gitte me dire et me répéter à l'envi que j'étais celui qu'elle attendait depuis toujours ! Incontestablement, ces premières semaines exaltantes où elle me déclarait à chaque minute son amour inconditionnel ont commencé à me faire oublier les années avec Emma pendant lesquelles je m'étais senti inadéquat, incomplet.

Et puis elle m'a parlé d'Henri.

Henri était un associé du cabinet dans lequel elle avait travaillé auparavant. Je l'avais rencontré deux ans plus tôt, lors d'une conférence juridique pour laquelle j'avais fait le déplacement de Londres à Paris. Court sur pattes, silhouette de balle de bowling, presque chauve, avec des lunettes aux verres épais, il devait avoir dans les quarante-cinq ans mais en paraissait beaucoup plus. Le genre à transpirer sans arrêt, car il semblait pétri d'anxiété. J'avais pourtant découvert un autre aspect de lui au dîner qui avait suivi la conférence : spirituel, brillant et remarquablement cultivé, ainsi qu'en témoignait le monologue à propos de l'influence artistique de Maupassant sur Tchekhov dans lequel il s'était lancé et dont le seul défaut était sans doute d'être un peu longuet.

« Il ne va jamais s'arrêter ? » m'avait glissé en anglais le confrère londonien qui était assis entre Henri et moi tandis que celui-ci discourait sur l'objectivité exemplaire de ces deux géants littéraires et sur leur remarquable attention aux petits faits de la vie quotidienne. Personnellement, j'étais assez impressionné : ce bonhomme pouvait se passionner pour autre chose que les arguties juridiques, ce qui était digne d'estime. Mais quand Gitte m'a appris qu'elle et lui avaient eu une histoire qui avait duré trois ans, ma mine a exprimé à elle seule ce que je n'avais pas voulu mettre en mots : « Tu as fait l'amour avec cette boule de graisse pendant trente-six mois ? »

Était-ce de la jalousie de ma part ? Pouvait-on sérieusement être jaloux de quelqu'un comme Henri ? Encore une vérité que nous avons le plus grand mal à reconnaître : il n'est jamais agréable d'entendre détailler le passé sentimental de l'être aimé. Vous avez beau dissimuler votre malaise en affichant une indifférence stoïque du style « Ça, c'était avant », il y a toujours une part de vous-même qui tente de repousser des images trop précises de l'amour de votre vie au lit avec un autre homme.

Surtout un homme tel qu'Henri.

Mon expression médusée révélant avec éloquence le fond de ma pensée, elle s'est empressée d'ajouter :

— Je sais, je sais, ce n'est pas un canon… Mais c'est son intelligence qui m'a conquise. Au début. Et aussi, je me sentais seule, je venais d'avoir trente-six ans et crois-moi, après trente-cinq, trouver des mecs intéressants, ça n'a rien de simple…

« Mais tu es belle ! ai-je failli m'exclamer. Pourquoi sortir avec un type qui ressemble au clown triste dans *I Pagliacci* ? » Au stade initial d'une histoire d'amour, la vérité peut souvent être blessante, dangereusement conflictuelle. Alors, je me suis tu pendant qu'elle me contait les particularités du sieur Henri : le soin maniaque avec lequel il rangeait ses sous-vêtements, son catholicisme exacerbé et sa vénération de la Vierge Marie, son horreur du sang menstruel qui l'empêchait presque de se mettre au lit avec elle quand elle avait ses règles…

— D'ailleurs, il n'aimait pas le sexe. J'ai été mal baisée pendant trois ans.

À nouveau, une kyrielle de questions m'a assailli, la plus aveuglante étant : « Mais dans ce cas, pourquoi être restée si longtemps avec lui ? » Et une fois encore,

Gitte a lu dans mes pensées puisqu'elle a chuchoté, des larmes dans les yeux :

— Je sais ce que tu penses. Pourquoi est-ce que je me suis infligé une chose pareille ? Je devais être folle, pas d'autre explication. Alors que je savais depuis le début qu'il était tellement négatif pour moi, tellement insatisfaisant…

— Nous nous mettons tous dans des situations que nous savons mauvaises pour nous, l'ai-je rassurée. Après tout, je t'ai raconté que j'ai été conscient dès le départ du manque de chaleur d'Emma, ce qui ne m'a pas empêché de…

— Mais elle avait du charme, au moins ! Je l'ai googlée : elle est très classe.

— Mais elle ne m'a jamais aimé pour de bon. Pas comme toi.

— Et moi, je n'ai jamais été aimée par quelqu'un comme tu m'aimes.

À quatre heures du matin cette nuit-là, un rêve étrange m'a réveillé. Une terrible impression de solitude. La même peur panique d'être seul au monde qui m'étreignait jadis, moi, enfant unique de parents dont je n'étais pas la première préoccupation. À mon côté, il y avait une femme qui me désirait, qui me donnait l'impression d'être important, et qui, de même que moi, était résolue à laisser derrière soi un passé douloureux. Oui, certaines de ses confidences me mettaient mal à l'aise mais, quand on aime, il faut savoir pardonner les anciens errements de l'autre comme on passe l'éponge sur ses propres faux pas sentimentaux. Et sa façon d'exprimer son adoration, je le répète, était pour moi un territoire inconnu et merveilleux. Découvrir que je méritais d'être aimé…

Gitte était profondément endormie près de moi, serrant à son habitude l'oreiller dans ses bras comme si cette poche remplie de plumes était la seule bouée capable de la maintenir à flot dans la tempête du monde. Quand je l'ai enlacée et que j'ai déposé un baiser sur sa nuque, elle a murmuré dans son sommeil, elle a saisi mes mains et les a plaquées sur ses seins. Elle s'est retournée, m'a embrassé à pleine bouche et, m'enserrant dans l'étau de ses jambes, m'a poussé en elle. Après l'extase, nous nous sommes à nouveau laissé emporter par le sommeil, toujours enlacés.

Trois heures plus tard, la sonnerie du réveil et le cliquetis des talons hauts de Gitte allant et venant précipitamment sur le parquet m'ont ramené à la conscience. Pourquoi était-elle déjà debout et habillée ? Les portes des placards de la cuisine ont claqué brutalement, une poêle à frire est tombée avec fracas dans l'évier. Inquiété par cette furieuse cacophonie, je me suis levé, j'ai enfilé un peignoir de bain et je suis allé à l'épicentre du bruit. J'ai tout de suite vu que la colère altérait les traits de Gitte.

— Quelque chose ne va pas ?

— Quelque chose ? Quelque chose ? (Sa voix a grimpé rapidement dans les aigus.) Tu sais bien que j'ai cet énorme contrat avec IBM à me coltiner aujourd'hui, et que si je ne dors pas assez, mon niveau de concentration s'en ressent, et tu m'as réveillée en plein milieu de la nuit pour tirer ton coup !

— Je quoi ? Attends une minute ! Je n'ai rien fait d'autre que te prendre dans mes bras et t'embrasser dans le cou. Tu as réagi et c'est…

— C'était… inconsidéré. Égoïste. Tu n'as pas de respect pour ce que je fais. Tu me prends pour… de la merde !

Je l'ai dévisagée. Je ne pouvais pas en croire mes

oreilles. J'ai fini par dire, en maîtrisant le ton de ma voix :

— Tu sais parfaitement que ce n'est pas vrai. Franchement, je ne comprends pas pourquoi tu…

— Bien sûr que tu ne comprends pas ! Tu ne penses qu'à toi et à tes besoins de mâle primitif ! Alors, monsieur est fier de prouver sa virilité à je ne sais quelle heure ? Content de lui ?

Là-dessus, après avoir saisi son manteau au passage, elle est partie d'un pas rageur en me laissant planté là, stupéfait, perdu et de nouveau très, très seul.

Il était presque onze heures et, après cette scène dans la cuisine, j'éprouvais quelque difficulté à m'absorber dans les subtilités légales de l'OPA d'une chaîne française de magasins de bricolage lancée par une multinationale américaine quand mon téléphone portable a sonné. J'ai jeté un coup d'œil à l'écran. Gitte.

— Est-ce que tu me pardonneras un jour ? a-t-elle commencé. J'ai été horrible, horrible. Tout ce à quoi j'ai pu penser de la matinée, c'est que j'ai passé trois ans de ma vie avec un homme qui acceptait à peine de me toucher, et que je vis maintenant avec un homme qui me désire tout le temps et moi, qu'est-ce que je fais ? Je…

Un sanglot l'a empêchée de continuer.

— Ce n'est pas grave, ai-je dit calmement.

— Si, c'est grave ! J'ai été odieuse, alors que… alors que je t'aime tant. Je te promets que…

Et pendant quelques semaines, elle a tenu sa promesse et ne s'est plus mise en colère contre moi.

Un vendredi soir, une surprise m'attendait à la maison.

— C'est notre anniversaire aujourd'hui, m'a-t-elle

dit en me tendant un verre de champagne. Trois mois ensemble. J'ai préparé quelque chose pour fêter ça. Mets quelques affaires dans un sac, d'accord ?

Quelques heures plus tard, nous étions dans un château-hôtel de la Loire, en pleins ébats amoureux dans une chambre qui se voulait être un reflet du Versailles de Louis le Quatorzième, comme on dit en anglais.

Alors que nous prenions notre petit-déjeuner, le lendemain, sur la terrasse du château, face à des jardins merveilleusement entretenus qui s'étendaient jusqu'à la rive du fleuve, le soleil matinal irisant la surface de la Loire, Gitte me couvant d'un regard empreint d'amour… comment le monde entier ne m'aurait-il pas semblé fabuleux ? Elle s'est penchée vers moi et a pris ma main dans les siennes.

— Je veux un enfant de toi, a-t-elle dit tout doucement. Tu es le premier qui m'inspire ça. Je sais que tu es un père exemplaire pour ta fille, je sais que notre amour est hors du commun, et je sais aussi que je n'ai plus tellement de temps devant moi. Quarante et un ans l'année prochaine, ça fait réfléchir, non ? Et un enfant né d'une passion comme la nôtre, tu imagines la merveille ?

Juste après ma séparation d'avec Emma, alors que je faisais des heures supplémentaires pour tromper ma détresse, le grand patron de la boîte m'avait invité à déjeuner et, après avoir constaté que je semblais tenir le coup « vu les circonstances » – sa manière d'indiquer qu'il ne tolérerait pas que je laisse transparaître mon désarroi au bureau –, il m'avait donné un conseil, « un de ceux que je regrette de ne pas avoir suivis moi-même, et c'est un rescapé de trois divorces qui vous parle… Lorsqu'une femme de quarante ans qui n'a jamais été mère vous déclare que vous êtes l'amour de sa vie et qu'avoir un enfant avec vous serait "magnifique", cherchez la porte de sortie la plus proche et tirez-vous ».

Je me suis remémoré cet avertissement, mais il ne pesait pas lourd face à la voix qui répétait en moi : « Mais là, c'est l'amour ! » Or n'avais-je pas dit à plusieurs reprises à Gitte que quand on aime…

— Bien sûr qu'on pourrait avoir un enfant, ai-je répondu. Attendons encore quelques mois, mais c'est… c'est ce que je veux aussi.

— Tu es… extraordinaire.

En fin d'après-midi, nous avons couru sur les bords de la Loire. Elle m'avait offert des chaussures de course haut de gamme, et m'avait déjà enseigné les techniques de coordination requises par le fond et le demi-fond. Quatre foulées, quatre respirations, les inspirations et les expirations suivant le rythme de la progression. Ainsi, les endorphines envahissent votre cerveau, refoulant la douleur, disciplinant les poumons ; elles vous apportent une étrange lucidité et vous libèrent de tout ce qui obstrue et fige votre mental.

Gitte était une coureuse bien plus expérimentée et en forme que moi. Ce jour-là, après avoir obtenu mon engagement d'avoir un enfant, elle a fusé et m'a laissé loin derrière sur le circuit qu'elle avait préparé pour nous. Quand je l'ai rejointe sur la ligne d'arrivée, les portes solennelles du château dont nous étions partis, elle m'a jaugé de haut en bas, et :

— Je suis là depuis un quart d'heure, a-t-elle dit. Il va falloir que tu t'améliores. Il va falloir que tu sois à ma hauteur.

Quatre soirs plus tard, je lui ai annoncé que j'avais réussi à obtenir deux places au concert donné par l'Orchestre philharmonique de Berlin à la salle Pleyel.

— Et quoi, je dois sauter au plafond ? a-t-elle rétorqué. C'est quoi ce besoin que tu as de vouloir sortir tous les soirs ? Pourquoi faut-il tout planifier comme tu le fais ? Qu'est-ce que tu essaies de fuir ?

— Mais… C'est le Philharmonique de Berlin, Gitte. Probablement la meilleure formation symphonique au monde. Et qui va jouer du Mahler.

J'ai posé mes mains sur ses épaules. Elle s'est écartée.

— Moi, j'aime les soirées tranquilles à la maison. Vas-y, toi.

Et elle m'a laissé au salon, éberlué. Je me suis versé un whisky, un double. Quand je me suis aventuré à la cuisine quelques minutes après, les nerfs calmés par cette généreuse rasade d'Ardbeg, elle a passé ses bras autour de mon cou et m'a embrassé.

— Évidemment que j'irai à ce concert avec toi. Merci, mon amour.

Comme je devais me rendre à Boston en voyage d'affaires le mercredi suivant, je lui ai proposé de prendre un avion le vendredi après-midi pour me rejoindre, ce qui nous donnerait l'occasion de passer un long week-end de trois jours dans la splendeur automnale du Vermont. Elle ne m'aurait pas regardé autrement si j'avais suggéré une partie à trois avec une naine. Puis elle s'est violemment emportée :

— Encore une fois, ça démontre le peu de respect que tu as pour moi. Tu penses sérieusement que je vais traverser l'Atlantique dans les deux sens pour ça, et manquer la journée de lundi ? Tu sais pourtant que je suis sous pression au travail !

— C'était juste une idée. Une idée romantique, et plutôt agréable…

— C'est une insulte, oui ! Une claque ! Tu ne vois jamais les choses de mon point de vue, sinon tu aurais compris à quel point cette « idée » était insultante pour moi. Blessante ! Tu…

— Je t'en prie, Gitte !

Elle était déjà partie. Cependant, après être ressortie de la salle de bains un moment plus tard, elle s'est montrée parfaitement tranquille, détendue et tellement amoureuse que nous avons chancelé jusqu'au lit. Le sexe pour clore une dispute a toujours quelque chose d'impétueux, mais cette fois un nouveau sentiment s'est fait jour : je me suis rendu compte que j'avais peur d'elle.

Ont suivi des semaines harmonieuses de jogging à deux après le travail, de conversations détendues dans sa cuisine, de nuits de passion dans son lit. Nous étions si bien ensemble, si profondément heureux ! Et puis…

— Tu iras au gymnase, aujourd'hui ? lui ai-je demandé un matin, pendant qu'elle se préparait pour sa journée de travail. Je pourrais t'y rejoindre vers sept heures.

Une furie a surgi devant moi.

— Le gymnase ? Le gymnase ? Tu crois que je vais laisser tomber le contrat avec IBM pour aller faire des abdos ?

— C'était simplement une question, mon amour.

— Oui, et tu présentes les choses comme si tout ça, c'était de ma faute !

Bang ! La porte a claqué derrière elle. Au bout de vingt minutes, toutefois, elle m'a appelé sur mon portable en me suppliant de lui pardonner. Cette fois, j'ai osé prononcer les mots que j'avais refoulés trop longtemps, mes lèvres étant scellées par la crainte de la perdre et aussi, il faut le dire, de provoquer une réaction violente :

— Tu m'inquiètes, Gitte.

— Je m'inquiète moi-même ! Je ne veux pas te perdre…

— Cesse de me repousser, alors.

— Tu sais que tu es l'amour de ma vie.

— Oui, et toi le mien. Mais ces explosions de rage…

— Ça ne se produit pas tous les jours ! Et c'est seulement quand…

— … quand je te mets en colère, c'est clair.

— Toi ? Jamais !

— Dans ce cas, pourquoi te mets-tu dans cet état ?

Il y a eu un long silence. Et c'est d'une voix presque méconnaissable qu'elle a murmuré :

— Je ne sais pas.

Le soixante-dixième anniversaire de sa mère devait être célébré dans un mois. Toute la famille allait être là et Gitte voulait me présenter à cette occasion, puisque je faisais « partie de la famille, maintenant ».

Les places de TGV ont été réservées, les dispositions nécessaires ont été prises, et puis j'ai reçu un coup de fil de ma fille : il y avait une représentation de la pièce de théâtre dans laquelle elle jouait le rôle principal ce samedi-là à l'école.

— Tu seras là, papa, hein ?

— Bien sûr que je serai là.

En surfant sur Internet dans l'après-midi, j'ai trouvé une élégante solution au casse-tête logistique que constituait ce week-end : Gitte et moi arriverions à

Zurich vers quinze heures le vendredi, j'irais à la fête de sa mère le soir, puis j'attraperais un avion pour Londres le lendemain, j'assisterais au spectacle d'Abigail et je rejoindrais Gitte à Paris le dimanche soir.

Quand je lui ai exposé ce plan chez elle dans la soirée, sa réaction a été volcanique.

— Tu m'avais promis qu'on passerait tout le week-end ensemble !

— Je sais. Mais c'est ma fille, et elle tient à ce que j'assiste à son spectacle…

— C'est une capricieuse ! Et une manipulatrice ! Une petite fille gâtée qui claque des doigts et son daddy se précipite !

— Toi qui as été abandonnée par ton père à treize ans, tu dois comprendre comme c'est important pour elle et pour moi…

— Et maintenant, tu veux que je me sente coupable ! Vas-y, si tu dois y aller. Vas-y !

Je n'ai pas fermé l'œil de la nuit. Gitte m'a découvert sur le canapé du salon à sept heures du matin, un regard morne fixé sur le mur en face de moi.

— Bien sûr que tu dois aller à Londres, m'a-t-elle assuré après m'avoir apporté une tasse de café. Et ma mère sera contente de recevoir l'homme qui met sa fille au comble du bonheur pour sa soirée d'anniversaire.

Sans répondre, je l'ai suivie des yeux quand elle est entrée dans la chambre. Par la porte ouverte, je l'ai regardée se maquiller devant sa coiffeuse. Un moment très intime, pour toute femme. J'ai observé son visage tandis qu'elle y appliquait du fond de teint, passait le crayon sur l'ourlet de ses paupières. Ses traits étaient déformés par la colère. C'était un visage aussi dur que du béton, où se lisait une rage sourde, à peine contenue.

Il y a des instants dans la vie où, d'un seul coup, tout l'édifice de votre existence s'effondre autour de vous. Vous vous retrouvez en face d'une réalité que vous avez soigneusement niée pendant des mois. Alors, une seule question importe : qu'est-ce que je fais ici, et pourquoi est-ce que j'ai refusé si longtemps d'affronter la réalité de ce qui s'y passait ?

Je connaissais la réponse : parce que j'avais voulu aimer et être aimé. Parce que Gitte m'avait donné de l'amour, et avait désiré celui que je lui donnais, tout en s'acharnant à ruiner les chances d'un bonheur futur. Je n'ai néanmoins pas rejeté tout le blâme sur elle. J'étais aussi fautif quc Gitte. Ne m'avait-elle pas mis en garde dès le début ? « Je pique »… J'avais choisi d'ignorer cet avertissement lucide. Ce n'était pas elle qui s'était raconté des histoires, c'était moi.

Elle a terminé de se maquiller. L'image courroucée que le miroir avait reflétée en croyant que je ne pouvais pas la voir était remplacée par un tendre sourire quand elle est revenue dans le salon. M'enlaçant, elle m'a donné un baiser passionné.

— Maintenant, il va falloir que je retouche mon rouge à lèvres ! a-t-elle plaisanté. Mais tu en vaux la peine : l'homme de ma vie ! Je t'aime. À ce soir !

Et elle est sortie.

Elle avait à peine refermé la porte de l'appartement que j'ai descendu ma valise de l'étagère de sa penderie. En dix minutes, j'avais rassemblé toutes mes affaires. Je me suis douché, j'ai enfilé mon costume. J'ai cherché un bout de papier, sur lequel j'ai écrit : « Ce matin, j'ai vu l'avenir et il m'a effrayé. Je te souhaite le meilleur. » J'ai signé le mot et je l'ai laissé sur la table de la cuisine avec le trousseau de clés qu'elle m'avait donné.

Pendant la première semaine, elle m'a bombardé d'e-mails désespérés, de messages éplorés sur ma boîte vocale. Elle allait changer, promis. Elle consulterait un spécialiste au sujet de ses accès de colère, promis. Elle ne dirait plus rien de blessant à propos de ma fille, promis.

Je n'ai pas réagi. Les e-mails sont devenus agressifs : comment avais-je pu tourner le dos à cet amour hors du commun qu'était le nôtre ? Laisser « quelques instants d'énervement » éclipser tout ce que nous partagions ? Avais-je été sincère dans toutes mes déclarations enflammées, ou l'avais-je induite en erreur depuis le début ?

J'ai médité une réponse, et préféré finalement le silence. Qu'aurais-je pu dire, sinon : « Nous devons tous lutter contre une force plus puissante que tout l'amour du monde – la part d'ombre qui est en nous, celle qui nous définit. Arrivons-nous à la contrôler ou finira-t-elle par prendre le dessus ? Du résultat de ce combat dépend l'issue de toutes les histoires sentimentales » ?

Lui écrire, cela aurait signifié renouer le contact avec elle. Et cette perspective m'effrayait. Parce que j'étais partagé. D'un côté, je la regrettais terriblement ; de l'autre, j'avais compris que l'amour ne peut pas tout arranger, même si, chacun de nous, à sa triste manière, s'entête à le croire.

Gitte m'a aidé à comprendre combien les dernières paroles de mon père avaient été pertinentes : « Nous ne voyons que ce que nous voulons bien voir. »

L'année qui a suivi la fin de notre relation, quand le torrent d'e-mails et de messages s'est arrêté, que j'ai réussi à l'éviter dans les mondanités liées à notre profession et que j'ai su un jour qu'elle avait accepté d'intégrer l'antenne de sa société à Washington, je suis resté résolument solitaire. Toujours avide d'amour, toujours incertain de ma capacité à le laisser m'entraîner dans sa course passionnée s'il se présentait de nouveau.

Gitte m'a également appris à courir. Quatre foulées, quatre respirations. L'ivresse stimulante du mouvement. Le moment précieux où tout ce qui encombre votre esprit, les peurs, les doutes, les souffrances cachées, les regrets qui vous empêchent de dormir, tout cela s'efface et vous laisse temporairement libre. La route devant vous est dégagée, dépourvue d'obstacles, pleine de promesses imprécises.

Vous courez. Parfaitement bien dans la cadence de vos jambes. Les discordances de la vie sont couvertes par le balancement de métronome de vos foulées.

Alors, vous vous dites : « Comme c'est bon, de courir ! »

Et aussi : « Si seulement je savais vers quoi je cours… »

Ton problème

« Ton problème, tu sais ce que c'est ? »

Il dit ça d'un ton satisfait, ou peut-être plus encore : triomphant. Il a la bonne carte et il va gagner cette partie, une fois encore. Parce que c'est le genre d'homme qui a besoin de toujours rafler la mise, mon mari.

Il est tard. Plus de minuit. Des restes de curry thaï passé au micro-ondes traînent sur la table de la cuisine qui devait, il y a longtemps, servir de « coin petit-déjeuner » mais qui est aussi le théâtre des rares dîners que nous partageons. Un événement, presque. Son emploi du temps surchargé, ses sorties « pour le travail » qui peuvent l'amener à conduire des clients à l'opéra – concert et business, une équation pour le moins étrange –, et ses voyages éclair à Düsseldorf, Luxembourg ou Clermont-Ferrand – il est abonné aux coins les plus sexy d'Europe, c'est sûr –, bref, c'est quelqu'un de très occupé, Richard. Toujours « pris ». Au point que nos deux enfants en arrivent parfois à se demander pourquoi leur père leur consacre aussi peu de temps. Surtout depuis qu'il a pris l'habitude d'aller jouer au tennis avec un copain tous les samedis matin.

Je peux admettre les sempiternelles absences, pourtant, et le nombrilisme acharné, et le quant-à-soi, et l'indifférence chronique, et que sa version de la passion amoureuse se résume à une relation sexuelle par mois, à peu près… Oui, je m'arrange finalement de tout cela, et des reproches non formulés, du ressentiment rentré, des silences aussi hostiles qu'inexpliqués, de ses replis systématiques dans la pièce qu'il a baptisée bureau, de son incapacité fondamentale à communiquer avec ceux qu'il dit être ses « proches ». Ce qui ne passe pas, ce qui ne passera jamais, c'est cette phrase, ces huit mots qui reviennent chaque fois que j'ose lui faire une remarque : « Ton problème, tu sais ce que c'est ? »

Contrairement à la nature de la forme interrogative en général, cette question n'a rien de spéculatif, et ne se prête à aucune interprétation. Elle n'appelle même pas de réponse, d'ailleurs, parce qu'il en a déjà une en tête. Et elle consiste en une longue liste de mes innombrables défauts, en un constat de mon inaptitude à correspondre à celle qu'il voudrait que je sois. Qui serait-elle, à propos ?

Le fait est qu'après neuf ans de mariage et deux enfants, j'ai une idée plutôt précise de ce qu'il apprécie le moins chez moi. Ce n'est pas très compliqué, puisqu'il ne se passe pas un jour sans qu'il me laisse entendre qu'à ses yeux je ne suis fondamentalement – comment dire ? – pas à la hauteur. La difficulté, ce n'est pas qu'il passe son temps à me houspiller ou à me lancer des piques. Non, sa manière à lui d'exprimer son insatisfaction se situe dans le domaine du non-dit et de la tangente : un soupir désapprobateur, un haussement d'épaules excédé, un regard qui tue, voire un « Ah, typique… » marmonné entre des lèvres pincées.

Ce n'est pas un belliqueux, Richard. Il fait surtout dans l'agressivité passive, ce qui n'est guère étonnant de la part de quelqu'un qui se révèle le plus souvent incapable d'exprimer ses sentiments, quels qu'ils soient. Jusqu'au moment où il entame son sixième verre de vin et, ainsi enhardi, se risque à la seule critique qu'il soit en mesure de formuler : « Ton problème, tu sais ce que c'est ? »

Par quoi commencer, alors ? Je suis très, mais vraiment très désorganisée. J'oublie mes clés, je ne remplis jamais les talons de chèque, je ne stocke pas à profusion des biens de première nécessité domestique tels que le papier toilette ou la lessive. Je dois me forcer pour ne pas laisser mon côté de la penderie sombrer dans la pagaille totale, et mes chaussures ne sont jamais impeccablement alignées. Il peut m'arriver de partir faire les courses sans mon portefeuille, puis de ne plus savoir où j'ai garé la voiture. Dans le métro, je descends souvent une station trop tôt ou trop tard. Tête en l'air, je le suis, je le reconnais volontiers, ce qui explique que je ne me souvienne plus qu'il reste quelques assiettes sales dans l'évier, ou que je me rappelle deux mois trop tard que des vêtements m'attendent chez le teinturier, ou que j'égare le troisième et dernier rappel de notre facture d'électricité impayée.

« Ton problème, tu sais ce que c'est ? » Eh bien ! oui : je vis dans le fouillis perpétuel. Les Français ont un mot pour le genre d'individus dont je fais partie : « bordélique ». En anglais, ce serait un peu moins direct, mais, de toute façon, je plaide coupable, et Dieu sait combien j'ai essayé de réprimer ces tendances au désordre. Je fais des listes, parsème la maison de pense-bêtes, prends soin de calculer une avance de dix minutes quand je dois rejoindre Richard quelque part. Le hic, c'est que je finis toujours par arriver avec un quart d'heure de retard, ou que je ne retrouve plus la liste des courses, ou que je ne vois plus le post-it où j'avais écrit : « Casser les noisettes de R. » – il en réclame toujours pour son petit-déjeuner. J'oublie aussi facilement que les enfants ont, chaque mois de février, ce que l'on appelle des « vacances de février ».

Que je sois le désordre personnifié, pourtant, il le sait depuis longtemps. Depuis le début. À notre troisième rendez-vous, quand nous avons commencé à nous fréquenter – rendez-vous auquel je suis arrivée de la même façon qu'aux deux précédents, en courant –, je m'étais même trompée sur l'endroit où nous étions convenus de nous retrouver. À mon air penaud et à ma piètre explication (« Je dois être un peu dans les nuages »), il avait ri de bon cœur. Et ça m'avait plu, tout comme de constater ensuite qu'il accueillait mes excentricités avec délectation, allant même jusqu'à dire qu'elles contrebalançaient heureusement sa tendance à tout prendre au sérieux.

J'avais évidemment remarqué, dès les premières nuits passées chez lui, à quel point il était « psychorigide », pour employer le jargon des magazines féminins. Il suffisait d'un simple coup d'œil à ses tiroirs, où les slips et les chaussettes étaient rangés avec une précision militaire, pour s'en convaincre. Je me rappelle avoir souri, alors, en me disant : « Ah, notre vie sera mieux organisée, comme ça ! » À quels clichés nous pouvons tous nous raccrocher, surtout quand on se croit amoureux… D'autant qu'il surenchérissait de son côté, me déclarant mot pour mot qu'il « appréciait mes penchants pagailleurs ».

Règle numéro un de l'auto-intoxication amoureuse : se persuader en silence que l'on arrivera à ignorer des aspects de l'autre que l'on trouve néanmoins terrifiants à l'instant où on les découvre. Parce que c'est l'Amour avec un grand A, n'est-ce pas, la Bassion avec un grand B comme dans « Bêtise », ou comme vous voudrez l'appeler. Lorsqu'on a trente-neuf ans – c'était mon cas à l'époque –, et qu'on se sort tout juste de son troisième échec sentimental en trois ans, et que l'on rencontre un type apparemment équilibré, qui exprime toutes les garanties espérées quant à son désir d'être père, et de vous voir conserver votre travail, et de maintenir un juste équilibre dans le couple… Lorsqu'il soutient que vous êtes tous deux faits l'un pour l'autre, et que vous vous êtes rencontrés au moment idéal, une sorte de « collision » – c'est le terme qu'il avait employé – voulue par le destin pour vous tirer enfin d'un enchaînement de mauvaises expériences, etc., vous avez envie de croire à ces boniments, même si une voix ténue vous appelle, tout au fond de vous, à la prudence.

Certes, il avait une propension à tout vouloir expliquer, justifier, analyser. Mais j'ai marché – non pas que j'étais désespérée, et pourtant je l'étais, incontestablement –, mais parce que j'ai « voulu » marcher, me laisser embobiner par la promesse que « ça va fonctionner, nous deux », ainsi qu'il aimait à le répéter. Et pour une autre raison encore, celle que vous attendez dans cette confession, je le sais : je comprenais que je tenais là ma dernière chance, ma vingt-cinquième heure avant que l'horloge biologique ne vienne me rappeler que…

« Ton problème, tu sais ce que c'est ? »

Je me souviens du jour où il m'a asséné cette question pour la première fois. Nous nous connaissions depuis un an, j'en étais à six mois de ma première grossesse et… Puisque nous en sommes aux aveux, je reconnais que je me suis dépêchée de tomber enceinte, oui. Cela devait faire six semaines que nous avions emménagé ensemble, et mes aptitudes ménagères, ou plutôt leur absence, provoquaient déjà en lui des grincements de dents de plus en plus fréquents. Au début, il ne m'avait fait aucune remarque, juste adressé quelques soupirs d'agacement, accompagnés de haussements de sourcils vers un Créateur si dédaigneux de la justice qu'Il lui avait trouvé pour âme sœur une femme incapable de tenir sa maison. Et puis, soudain, l'orage a éclaté le soir où, horreur et abomination, il s'est rendu compte que, malgré ses multiples injonctions, je n'avais pas retiré les cheveux accumulés dans la bonde de la baignoire.

— Tu n'avais pas dit que tu le ferais aujourd'hui ?

— Je plaide coupable.

— Mais tu comptes t'en occuper ?

— Oui, il faudra bien…

— Et quand ?

— Mais… demain, par exemple.

— Pourquoi pas tout de suite ?

Sa voix avait grimpé d'une ou deux octaves.

— Parce qu'il est minuit, ou presque. C'est pas une heure pour récurer les baignoires.

Un autre soupir, encore plus excédé, puis :

— Ton problème, tu sais ce que c'est ?

Question fatidique, accusatoire, hautaine, pleine de bonne conscience offensée et d'une profonde déception. C'est surtout cette dernière nuance qui m'a marquée, sur le coup. Elle exprimait à elle seule toute la désillusion qu'il avait lentement accumulée. Mais, d'une certaine manière, je n'étais moi-même pas moins marquée par la lassitude conjugale quand, une semaine après cet incident, réveillée à quatre heures du matin, j'ai posé les yeux sur la forme avachie qui partageait le lit avec moi, et qu'une pensée s'est imposée à moi, sans appel : « C'est la pire décision que j'ai prise de toute ma vie. »

À quoi servait ce constat, cependant, alors que j'étais sur le point de devenir mère, que j'étais la copropriétaire lourdement endettée d'une maison, que j'avais la quarantaine passée, que j'étais terrorisée par l'idée qu'en claquant la porte à ce point je ferais s'effondrer tout l'édifice de ma vie ? C'était ce qui m'effrayait le plus : devoir traverser le champ de ruines domestiques, le paysage après la bataille conjugale, après avoir moi-même provoqué l'explosion. J'imagine que c'est cette perspective qui m'a retenue, quand je pouvais encore appuyer sur le bouton du siège éjectable. N'est-ce pas cocasse, la manière dont la trouille s'allie à la frustration, la facilité avec laquelle on accepte la déception pour refuser le changement et apprendre à se résigner à… « ton problème, tu sais ce que c'est ? » ?

Oui, vous finissez par vous dire qu'il n'a peut-être pas tort, au bout du compte. Vos imperfections s'accumulent avec une insistance si déprimante, nuisent avec un tel acharnement à l'harmonie du foyer que vous méritez la désapprobation permanente de votre conjoint, ses « Ton problème, tu sais ce que c'est ? ».

Ne croyez pas que je n'aie jamais riposté, pendant toutes ces années, que je ne lui aie pas renvoyé à la figure ses propres défauts. Mais il se sort très bien des disputes, Richard. Il a un don pour ça. Il sait retourner une accusation lancée contre lui, l'utiliser à son profit, puis me rabaisser jusqu'à reprendre l'avantage, tout en évitant le triomphalisme humiliant lorsque je finis par jeter l'éponge.

C'est l'avantage qu'il a sur moi depuis toujours, cette capacité à souffler le chaud et le froid simultanément, comme un climatiseur schizophrénique ; cette manière de tempérer la critique par une remarque tendre, de toujours savoir à quel moment il faut reculer tandis que l'abîme s'ouvre soudain devant nous, de redécouvrir mon existence et celle de nos enfants au stade précis où je vais replonger dans le noir et où une phrase obsédante commence à tourner dans ma tête : « Ce n'est plus possible, je ne peux plus… »

C'est comme s'il avait des antennes spécialement conçues pour capter cet état en moi. Deviner quand je suis sur le point de craquer. Alors il change d'attitude pendant une quinzaine de jours, propose un week-end à Bruxelles en tête à tête – follement romantique, n'est-ce pas ? Enfin, tant qu'il ne s'agit pas de Francfort… –, ou emmène les petits à Legoland pendant tout un dimanche. Pour un temps, il me donne l'impression que la vie avec lui n'est pas impossible, que je peux encore m'accommoder de ses périodes de mutisme, de son désintérêt patent pour tout ce qui me concerne personnellement, des questions banales qu'il se croit forcé de me poser à propos de la scolarité des enfants, de ses monologues convenus sur les affres de son « boulot », bref de tout ce qui montre, même si je ne veux sans doute pas l'admettre, que nous n'avons pratiquement rien à nous dire.

« Ton problème, tu sais ce que c'est ? » Depuis tout ce temps qu'il me pose cette question, je n'y ai jamais répondu, du moins de façon directe, parce que j'étais persuadée que, si je le faisais, ce serait le début de la fin, la porte ouverte à tout ce que je me retenais d'exprimer depuis que…

« Ton problème, tu sais ce que c'est ? » Nous y revoilà, donc. Huit ans et sept mois après la première fois où il m'a sorti la formule, il se redresse sur sa chaise, savoure l'instant, me lance ce regard jubilatoire et railleur que je ne connais que trop bien. Il sait que je ne vais pas répondre. Comme d'habitude, j'encaisserai et je changerai de sujet. Comme d'habitude. Tout plutôt qu'un…

« Ton problème, tu sais ce que c'est ? » La phrase revient sur moi, aussi cinglante qu'une gifle. Et pourtant, à la seconde même où je crois sentir l'impact, c'est dans un autre moment que je me trouve transportée. Le premier soir où il m'a invitée. Je me répétais qu'il était merveilleux parce que je voulais qu'il le soit, désespérément, et je le regardais de tous mes yeux, dans cet italien pas fameux où il m'avait emmenée, et je pensais à toutes ces années de désert sentimental, d'impasses successives, et je me disais que lui, enfin, pourrait être « bien » pour moi, ou du moins… acceptable.

Chacun se trouve des raisons de regretter, pas vrai ? Cette histoire n'aurait jamais dû exister, mais… Mais il y a l'énorme consolation des enfants, un paravent derrière lequel nous dissimulons la déception que nous nous inspirons réciproquement, et celle que nous éprouvons envers nous-mêmes, surtout.

« Ton problème, tu sais ce que c'est ? » Dans mon oreille interne, j'entends la réplique qui va venir. Je l'attends avec le détachement, la froide lucidité de celle qui a pris sa décision, qui a compris qu'elle ne se laissera plus arrêter au bord du précipice, à la dernière minute. Cette fois, c'est le grand saut.

« Ton problème, tu sais ce que c'est ? » Mes yeux cherchent les siens. « Oui. Je crois que je sais. »

Sonate d'été

C'était le temps où je tombais amoureux bien trop facilement. Le temps où j'ignorais pourtant ce que l'amour pouvait être. Le temps où j'avais soif de nouvelles expériences, et où je manquais de celle qui m'aurait permis de comprendre que certains moments de la vie sont décisifs et qu'ils en modifient définitivement la trajectoire… Mais je vais trop vite.

C'était l'été 1976 et j'avais vingt ans. Je venais de passer une année au Royal College of Music de Londres, année durant laquelle j'avais suivi un cours de composition et commencé à écrire mon premier quatuor à cordes, quelque chose d'extrêmement atonal, boulézien et imbitable. Je venais aussi de vivre six mois avec la première petite amie stable de toute mon existence sentimentale, et le faible pour les Irlandaises que je m'étais découvert à cette occasion allait bientôt m'entraîner dans une relation de presque vingt ans avec une femme qui, quand notre mariage agoniserait, reconnaîtrait qu'elle ne m'avait jamais particulièrement aimé.

Mais tout cela se trouvait encore à des décennies devant moi, dans ce futur qu'aucun de nous n'est en mesure d'appréhender puisque la vie a la fâcheuse habitude de se dérouler selon un scénario arbitraire et imprévisible. J'avais vingt ans, donc, et j'avais regagné à contrecœur les États-Unis après ces dix mois où j'avais tiré le diable par la queue au sein de la bohème londonienne, une expérience joyeusement corruptrice qui m'avait ouvert les yeux sur l'éthique du succès à tout prix dont j'avais été imprégné dès le plus jeune âge, ce piège dans lequel j'avais failli tomber et qui, en plus de me garantir la stabilité professionnelle, m'aurait condamné à une existence que j'étais désormais certain de ne pas vouloir.

Mais assez de digressions. J'étais revenu en Amérique parce que j'avais trouvé un travail d'été dans le Maine, assistant de production d'un festival de musique classique. Juste avant de quitter Londres, j'avais rompu avec Anne, ma petite amie irlandaise et, trois jours après avoir commencé ce job, j'ai fait la connaissance d'une autre Anne, qui, elle, écrivait son prénom sans « e ». Ann était de New York comme moi, et avait elle aussi vingt ans. En la voyant soulever son violoncelle pour le transporter du bâtiment administratif à la résidence où elle allait passer ses nuits durant les six semaines suivantes, je lui ai proposé de me charger de son encombrant instrument. Avais-je une idée derrière la tête ? Assurément.

Au premier coup d'œil, son charme avait opéré sur moi. Elle était grande et mince – élancée serait le terme approprié –, ses cheveux blonds flottaient librement et elle avait le teint diaphane – pouvait-on imaginer une peau aussi parfaite ? Dans la lumière dorée d'une matinée estivale de Nouvelle-Angleterre, sa jupe en tulle révélait le galbe de ses longues jambes, et avec son chemisier blanc brodé, elle avait tout de la New-Yorkaise baba cool de mes rêves. Et elle jouait du violoncelle ! Et elle était douée, de surcroît ! Encore étudiante à Juilliard, la plus prestigieuse école de musique du pays, elle nous avait été décrite par le directeur du festival comme une interprète pleine de promesses, alliant un grand talent à une rare intelligence musicale.

Ce qui m'a le plus marqué en apprenant à la connaître, pourtant, cela a été le subtil mélange de maturité et d'innocence dont elle faisait preuve. Sa culture livresque et musicale était considérable, et nous parlions de littérature et de musique modernes des heures durant, comparant nos goûts : les quatuors de Chostakovitch étaient-ils supérieurs à ceux de Bartók ? Duke Ellington ou Count Basie ? John Updike ou John Cheever ? Laquelle des sonates pour violoncelle de Brahms préférions-nous ? Le dodécaphonisme survivrait-il à notre siècle ? Pourquoi Haydn restait-il le plus sous-estimé des grands compositeurs de l'ère classique ?

Ces échanges étaient toujours animés, avec moi dans le rôle du frimeur intellectuel – que voulez-vous, c'était mon style, à l'époque… – tandis que ses opinions à elle étaient toujours plus mesurées, plus réfléchies. C'était quelque chose que j'aimais en elle, tout comme la nuance mélancolique qui se glissait immanquablement dans son sourire, révélant le côté contemplatif d'une personnalité par ailleurs délibérément optimiste, car elle m'avait elle-même assuré qu'elle préférait toujours penser que le verre était à moitié plein plutôt qu'à moitié vide, que la vie était faite de possibles. Elle pleurait facilement devant un navet sentimental au cinéma, ou à certaines inflexions musicales, par exemple les mouvements lents des sonates de Brahms qu'elle ne pouvait écouter sans être émue jusqu'aux larmes. Et elle pleurait souvent après avoir fait l'amour, occupation à laquelle nous nous adonnions dès que nous pouvions nous rejoindre discrètement dans sa chambre ou dans la mienne, nous dépouiller de nos vêtements et nous dévaster de plaisir.

Ces deux mois d'été ont été renversants. J'étais avec quelqu'un qui non seulement partageait les mêmes intérêts et les mêmes passions que moi, qui possédait un savoir immense sur ce qui m'importait le plus, qui insistait pour écouter toutes les œuvrettes que j'avais composées jusqu'alors – tout en m'encourageant gentiment à explorer peut-être des registres un peu plus mélodiques et accessibles que mes hermétiques expérimentations musicales –, mais qui aussi m'aimait sincèrement. Elle me l'a dit pour la première fois alors que la fin de la belle saison approchait, qu'elle s'apprêtait à retourner à la Juilliard et moi à entamer ma dernière année à l'université : « Tu sais, mes parents sont ensemble depuis qu'ils ont vingt ans, et c'était il y a plus d'un quart de siècle. Un jour, ma mère m'a raconté qu'à l'instant où elle avait rencontré mon père elle avait compris que c'était "lui", que c'était sa destinée. Et c'est exactement ce que j'ai ressenti quand nous nous sommes rencontrés. »

Si tendrement formulée fût-elle, cette révélation n'a pas provoqué en moi la réaction désirée, je l'avoue. La crainte de l'enfermement sentimental, la quasi-certitude que la vie conjugale ne pouvait être qu'une variation sur le thème de la discorde incessante qui caractérisait le couple formé par mes parents, toutes ces réticences secrètes m'ont fait tiquer devant l'évocation d'un avenir domestique et domestiqué. Cela n'a pas échappé à Ann, qui m'a attiré dans ses bras et m'a assuré que son but n'était pas de me passer la corde au cou, qu'elle pourrait m'attendre si je décidais d'aller étudier une année à Paris ou si je n'étais pas disposé à me marier avant que nous ayons tous deux atteint l'âge de vingt-cinq ans. « Je ne veux surtout pas te mettre la pression, m'a-t-elle dit avec toute la douceur d'une femme aimante. Je veux seulement que tu saches que, en ce qui me concerne, tu es l'homme de ma vie. »

Je suis retourné à l'université et, dans les semaines qui ont suivi sa déclaration, je me suis mis à coucher avec toutes les filles qui voulaient bien de moi. Un week-end sur deux, je descendais à New York en bus Greyhound pour retrouver Ann dans sa chambre d'étudiante, près du campus de Columbia. Nous passions la moitié de notre temps à faire l'amour, le reste étant consacré à des concerts ou à écouter d'anciens musiciens de l'orchestre d'Ellington taper le bœuf au West End Café. Ces escapades new-yorkaises étaient toujours merveilleuses, pour ne pas dire plus, et Ann n'a pas fait d'autre allusion à « notre avenir », mais la part de moi qui s'attendait toujours à des complications n'arrivait pas à croire entièrement à l'intrinsèque sincérité d'Ann, à sa tranquillité, à ce qu'elle puisse être une vraie compagne. Alors, je continuais à accumuler toutes les aventures possibles et je maintenais Ann à une certaine distance.

L'année a filé. J'ai obtenu une bourse de composition à l'IRCAM de Paris. Ann, ravie de cette opportunité qui m'était offerte, a appris alors qu'un collègue au Conservatoire parisien de son professeur à Juilliard avait accepté de la recevoir comme étudiante pendant un an.

— Tu imagines ? m'a-t-elle dit. On pourra se trouver une petite chambre sous les toits, apprendre la langue, être ensemble, et un jour on racontera à nos enfants notre année à Paris. Ça va être fantastique !

— Oui, ai-je répondu, ça va être génial.

Il était convenu que nous nous verrions le week-end suivant. Mais lorsque le bus s'est arrêté à Boston, ce samedi-là, je suis descendu et j'ai téléphoné à une fille de Radcliffe que je connaissais – un simple « plan baise », même si cette expression n'était pas usitée à l'époque – pour lui demander si je pourrais partager son lit une ou deux nuits. Sa réponse ? « J'ai rien d'autre en vue. »

Pendant toute cette fin de semaine, je m'en suis voulu d'avoir lâché Ann de cette manière, de ne même pas avoir eu la décence de l'appeler pour lui dire que je ne viendrais pas. Mais mon « second moi », ce côté qui se refusait à reconnaître sa droiture et la générosité de son amour, a répliqué que c'était mieux ainsi, qu'il était préférable de lui révéler le salaud et l'égoïste que j'étais, moi qui ne méritais pas une once de son affection. Au final, j'ai passé le week-end à fumer des joints et à batifoler avec ma copine de Radcliffe. Puis j'ai repris le bus en sens inverse.

En rentrant dans le studio que je louais aux abords du campus, j'ai trouvé une notification du poste de police locale. Il fallait que je les rappelle d'urgence. M'attendant au pire, je suis allé à une cabine et c'est ainsi que j'ai appris, par la bouche du planton de garde, qu'une certaine Ann Somerville m'avait cherché si désespérément durant tout le week-end qu'elle avait fini par appeler la police, convaincue que j'avais été kidnappé ou écrasé par une voiture. « On dirait que votre dame tient sacrément à vous, a conclu le flic sans déguiser sa désapprobation sarcastique à mon endroit. Et si vous étiez le chic type qui va la rappeler pour lui annoncer que vous n'êtes pas mort ? Vous lui devez au moins ça. »

Et c'est ce que j'ai fait, et Ann a été tellement soulagée d'entendre ma voix, tellement heureuse d'apprendre que j'étais sain et sauf, que je n'ai pas eu d'autre choix que de lui assener la vérité. Je lui ai dit que j'avais passé tout le week-end dans le lit d'une autre femme, que la nana de Radcliffe devait être la dixième avec laquelle j'avais couché au cours du dernier mois, que je ne l'avais pas rejointe parce que je… Je n'ai pas terminé ma phrase : la ligne venait d'être coupée. Je suis resté au moins cinq minutes à contempler le combiné dans ma main, en me demandant comment j'avais pu être aussi cruel, aussi destructeur, aussi méprisable.

Nous ne nous sommes jamais reparlé, et je n'ai rien su d'elle pendant les vingt années qui ont suivi. À ce stade, mon séjour à Paris était de l'histoire ancienne. J'enseignais la composition à l'université de l'Indiana, qui dispose de l'un des meilleurs conservatoires du pays mais n'en est pas moins perdue en plein milieu de l'Amérique profonde, très loin de mon enfance à Manhattan ou de l'existence dont j'avais pu rêver, celle d'un musicien professionnel savourant l'ambiance cosmopolite d'une grande ville. À la place, j'étais devenu un professeur à qui il arrivait très rarement de terminer une partition originale. Maeve, ma femme, était originaire de Cork – l'Irlande, encore… – et, après des débuts de soprano prometteurs, elle s'était rabattue sur un morne quotidien ; elle était désormais mère de deux enfants, et son amertume, sa froideur grandissantes me rappelaient beaucoup ma propre mère, avec ses désillusions en série et son incapacité à me manifester la moindre tendresse. La vie avec elle avait tourné à l'aigre, une insatisfaction quotidienne dont je savais que j'allais devoir tôt ou tard m'éjecter, quels que soient le prix du parachute et le traumatisme de la chute.

Et puis, un jour de l'année 1999, j'ai reçu sans préavis un coup au plexus : un article du *New York Times* était consacré à une violoncelliste du nom d'Ann

Somerville qui, après avoir mené une carrière relativement discrète, venait de faire sensation en remplaçant au dernier moment un Mstislav Rostropovitch souffrant pour un concert du New York Philharmonic. Nous avions alors quarante-deux ans, tous les deux, mais c'était notre seul point commun puisque le journaliste indiquait qu'elle était « mariée depuis vingt-deux heureuses années à David Munrow, l'actuel directeur de la section de piano à Juilliard ». Et il rapportait ses propos : « J'ai connu David environ un mois après avoir vécu mon premier et dernier vrai chagrin d'amour ; à partir de ce jour-là, nous ne nous sommes jamais quittés. »

J'ai jeté le journal par terre, je me suis assis à mon bureau et j'ai écrit une lettre à Ann Somerville. Je lui ai dit que j'avais été un imbécile, que je l'avais rejetée parce que je n'étais pas fait pour être heureux, que j'avais choisi une femme qui n'était pas faite pour être une compagne et que je payais chèrement le prix de ces erreurs, qu'il ne s'écoulait pas un jour sans que je pense à elle et que je m'interroge sur les raisons qui m'avaient poussé à me comporter d'une manière aussi aberrante et aussi suicidaire, à repousser la seule et unique femme qui, jusqu'à ce jour, m'avait aimé. En conclusion, j'ai écrit ces lignes : « Je me rends compte qu'au bout de quarante-deux ans je continue à ne pas vraiment comprendre ce qui motive la plupart de nos actes. Mais je sais au moins une chose : ce que j'ai fait, je le regretterai jusqu'à la fin de ma vie. »

Je n'ai jamais envoyé la lettre, bien entendu. Six mois plus tard, devenue soudain une interprète célèbre, Ann a donné un récital à l'université. Je suis resté tout au fond de l'auditorium, tête basse, incapable de regarder cette femme toujours très belle livrer sa version inspirée de trois sonates de Brahms. Après le concert, il était hors de question d'aller en coulisse, évidemment. Et je savais que c'était de la lâcheté, sans nul doute, mais est-ce que je n'avais pas toujours été fondamentalement un lâche dans mes affaires de cœur ?

Ce que je me suis demandé, également, c'est si mon histoire n'était pas plus banale que je ne l'avais cru. Car enfin, ne nous arrive-t-il pas trop souvent de nous écarter du chemin de la félicité pour emprunter ceux qui finiront par nous faire du mal ? Est-ce si difficile d'accepter le bonheur ?

Je n'avais pas de réponse à ces questions mais, ce soir-là, rentré à la maison après avoir écouté la musique de Brahms sous les doigts de la femme que j'avais perdue par ma seule faute, et après avoir retrouvé dans ces accords poignants la douloureuse mélancolie qui semblait devoir hanter ma vie, j'ai mis quelques affaires dans une valise. Maeve n'arrivait pas à croire que j'aie l'audace de vouloir la quitter, finalement. Elle a menacé de précipiter ma ruine, financière comme professionnelle.

— Vas-y, achève le travail, ai-je répliqué. Parce que, moi, c'est ma vie que j'ai bousillée le jour où je t'ai épousée.

— Il y a une autre femme, n'est-ce pas ? m'a-t-elle défié d'admettre.

J'ai fait oui de la tête, conscient que cette révélation sonnait le glas de notre mariage, de tout ce qui avait pu exister entre nous. Maeve a marqué une pause horrifiée, puis a déclaré d'une voix bouillante de rage :

— Depuis quand ? Depuis combien de temps ça dure ?

— Vingt-deux ans.

— Mais… nous ne sommes ensemble que depuis dix-neuf ans ! Tu veux dire que pendant tout ce temps, tu…

J'aurais pu lui expliquer que je n'avais pas revu Ann Somerville depuis 1977, pas une seule fois jusqu'à ce soir, lui apprendre que j'avais toujours regretté d'avoir piétiné l'amour qu'elle avait eu pour moi, lui avouer que j'en étais venu à comprendre qu'elle représentait tout ce que j'avais désiré, depuis toujours, préciser qu'elle-même était mariée depuis « vingt-deux heureuses années » et qu'elle ignorait probablement si j'étais encore de ce monde. À la place, je me suis tu et Maeve, pour qui la vie n'était qu'une dispute permanente, a réagi à mon mutisme avec une fureur accrue. Elle m'a agoni d'injures, a proclamé que quand elle en aurait fini avec moi je serais à la rue, sans emploi et sans amis. Je me suis contenté de hausser les épaules.

— Dis quelque chose, salaud ! a-t-elle hurlé. Dis-le ! Dis-le devant moi que tu aimes encore cette petite mijaurée de violoncelliste. Allez, ordure ! Dis-moi que tu l'aimes !

Soutenant son regard, j'ai dit simplement :

— Je l'aime.

J'ai saisi la poignée de ma valise et je me suis dirigé vers la porte. Derrière moi, Maeve a crié :

— Tu es sur le point de tout perdre !

Je me suis retourné, et les derniers mots que je lui ai adressés, hormis ceux qui allaient être échangés par le truchement de nos avocats respectifs, ont été :

— Il y a des années que j'ai tout perdu.

Si vous allez de ce côté du Strip…

Je suis en train de contempler les bras artificiels dans la vitrine de la boutique de dépôt-vente en me disant : « Celui-là a appartenu à un ancien du Vietnam, cet autre à un péquenaud qui s'est fait attraper les doigts dans quelque machine agricole, celui-ci à un junkie qui s'est tellement rempli les veines de dope que le machin est tombé tout seul… Après avoir claqué tout leur argent, ils se sont dit qu'ils pourraient se passer deux ou trois jours de leurs prothèses, le temps que le bol revienne, et ils les ont mises au clou. »

Et c'est à peu près comme ça que je vois les choses pour moi aujourd'hui. Je suis arrivé ici il y a une dizaine d'heures, en voyage d'affaires, c'est-à-dire avec du liquide pour un dénommé Sal qui a plein d'activités de blanchiment d'argent dans l'un des endroits les plus pourris du New Jersey et qui m'a envoyé là – puisque je suis son comptable attitré, je l'aide à écouler le fric douteux qui lui passe entre les mains – avec un attaché-case plein de billets pour que je lui achète un appartement près du Strip.

Sal est un imbécile. Je le sais, et lui aussi s'en rend compte, quand il est à peu près lucide. C'est un gars dont le père trop indulgent – un parrain de la mafia, le dernier des grands pontes mafieux du New Jersey

– a toujours eu la certitude que son fiston n'avait pas inventé le fil à couper le beurre, et même qu'il était carrément stupide. Mais c'est que le fric bourre d'idioties la tête de n'importe qui. L'argent, c'est l'illusion de la liberté, et de la certitude d'échapper à la routine, voire à la mort. L'argent, c'est le principal moyen de se raconter des histoires.

Sal m'en a confié un gros paquet : huit cent vingt mille dollars. En cash. Une énorme mallette pleine de grosses coupures pour faire l'emplette de cette piaule. Je suis allé la voir, tout à l'heure : deux chambres, salle de bains en marbre, moquette épaisse de trois doigts, salon de télévision dont la pièce principale est un écran plat géant, et partout du mobilier tendu de cuir crème. Dubaï au Nevada.

Moi, j'habite un petit pavillon ennuyeux dans une petite banlieue ennuyeuse du New Jersey. (Mais existe-t-il un seul coin qui ne soit pas barbant, dans cet État ?) C'est ma femme qui s'est chargée de la déco et, du coup, on a l'impression que c'est un univers conçu pour une vieille dame qui fait une fixette sur les fleu-fleurs. J'ai cinquante-deux ans et je suis à la tête de la modeste boîte de comptabilité que mon paternel a fondée il y a quarante-huit ans, puis dirigée jour après jour jusqu'à celui où il a calanché d'une crise cardiaque, c'était en juin dernier, laissant à son fils unique le soin de régler tous les trucs glauques accumulés dans sa vie professionnelle. Comme Sal, par exemple. Sal, qui m'a tendu cet attaché-case bourré de billets pour que je lui dégote une garçonnière à Vegas, m'a fourré dix mille balles en plus dans la poche et m'a recommandé de « débarquer là-bas avec la classe ».

Et donc, sitôt descendu de l'avion, me voilà booké dans un hôtel minable (cinquante dollars la nuit). Sur le Strip, mais côté craignos. Oubliez les cinq-étoiles chichiteux aux lumières tamisées qui vous font croire que vous êtes à New York, ou Paris, ou dans un fantasme de rock-star, qui vous tapent des sommes folles pour un risotto sans doute parmi les plus délectables au monde à l'ouest de Milan – non que je sois jamais allé là-bas, vu que je ne suis jamais allé nulle part –, qui alignent les boutiques de luxe où un costard, une montre de marque, une valise « signée » portent des étiquettes à plusieurs zéros. Non, moi je suis *downtown*, mais vraiment en bas de la ville. Dans le Vieux Vegas, celui des dépôts-ventes où vous pouvez vous payer des bras en plastique et des fusils automatiques, celui qui vous met nez à nez à chaque coin de rue avec un type dont la chance a tellement tourné qu'il se confond maintenant avec le béton du trottoir sur lequel il va encore passer la nuit, et compte tenu qu'on est en août et qu'il fait dans les quarante-deux degrés Celsius à minuit…

C'est une partie de la ville où la vie urbaine se fait hideuse, cruelle, où les casinos sont des tripots qui ignorent la frime et le confort, des tripots fréquentés par des joueurs concentrés jusqu'à en être patibulaires, des pros qui n'ont pas la tête à la rigolade, où la bouffe est à gerber, la gnôle bas de gamme mais puissante – « Plus tu bois, plus tu perds », c'est la stratégie commerciale de ce genre d'établissements –, et où on peut encore se trouver une nana qui acceptera de passer la nuit avec vous pour cinquante billets.

Vous vous demandez comment moi, petit comptable de troisième zone, père de famille venu de la grisaille du New Jersey, je suis au courant de tout ça ? Eh bien, sachez que j'ai beau avoir repris l'affaire familiale que j'avais fuie comme la peste, m'être marié à une femme que j'ai dû trouver amusante cinq minutes dans ma vie – en tout cas avant qu'elle atteigne les cent cinquante kilos sur la balance –, j'ai beau avoir deux enfants dans la vingtaine qui ne m'ont jamais calculé, que j'aime mais avec qui je suis apparemment incapable de communiquer, j'ai beau me contenter de dix jours de vacances annuelles en Floride, j'ai beau me poser des questions aussi essentielles qu'informulées sur ma condition de mortel, et avoir commencé, tout aussi discrètement, à me documenter sur les finesses du black-jack, sans jamais jouer mais en éprouvant une sorte d'excitation par procuration…

Bref, j'ai beau être tout ça, rangé, rasoir, raisonnable, ras les pâquerettes, je suis aussi quelqu'un qui observe tout dans son coin. Qui évalue sans cesse les ouvertures possibles, qui se demande tout le temps s'il pourra les tester un jour, et qui pense sans arrêt : « Peut-être que dans une prochaine vie je serai un aventurier, un bourlingueur, un… » Dès mon arrivée, j'ai rencontré l'agent immobilier représentant la résidence de luxe où Sal voulait s'offrir son pied-à-terre. Je me suis présenté devant lui flanqué d'un avocat que j'avais engagé avant de venir, et d'un détective privé au holster bien garni, et je lui ai remis les huit cent mille et quelques. J'ai fait certifier l'opération par l'avocat et j'ai tenu à ce que le privé l'accompagne à la banque la plus proche, même si ce dernier affirmait qu'une transaction de cette ampleur en cash n'avait rien d'inhabituel à Vegas. Le marché conclu, les papiers paraphés, l'appartement dûment enregistré au nom de Sal – qui allait bien entendu s'empresser d'y installer sa maîtresse de vingt-deux ans du moment –, j'ai regagné ma piaule minable et j'ai passé dix minutes à écouter un couple de gens vraiment énormes (je les avais vus entrer dans la chambre jouxtant la mienne) faire l'amour. Avec ces murs en carton-pâte, on pouvait capter les frottements moites de leurs cellulites respectives au milieu de leurs grognements et des plaintes éplorées des ressorts du lit succombant sous le « problème de poids » de mes voisins.

La cacophonie de leur rencontre sexuelle m'a à la fois répugné et troublé, je dois dire, car depuis que Brenda s'est laissé envahir par la graisse, mes rapports érotiques se bornent à trois par an, qui n'éveillent d'ailleurs aucun intérêt particulier chez elle puisqu'il y a longtemps que tout ce qui rappelle que nous sommes un couple, c'est que nous partageons un même toit et pas grand-chose d'autre. Finalement lassé par la performance sonore de mes voisins de chambre, je suis redescendu dans la rue et je me suis rappelé que j'avais toujours dix mille dollars dans ma poche ; et que je me trouvais dans l'un des secteurs les plus interlopes d'une ville aux mœurs légendairement dissolues.

Dix mille. Mes « frais de voyage », mais en réalité le pourboire que Sal avait voulu donner au « mulet » qui se chargeait d'écouler tout ce fric suspect sans poser de questions. Dix mille… À une époque c'était une somme suffisante pour s'esquiver ni vu ni connu, pour refaire sa vie. Aujourd'hui, c'est de l'argent de poche… Je suis passé devant les sans-abri en train de perdre lentement la boule sous ce cagnard de sauna, devant les tapineuses qui, dans ce coin de Vegas, ressemblaient à des campagnes ambulantes de prévention contre le virus VIH, devant les armureries où il m'aurait suffi de montrer mon permis de conduire pour acheter un Glock à deux cents dollars… Dans cette fournaise démente, le tissu synthétique de mon costume collait à ma peau. J'avais un besoin urgent d'air climatisé. Je me suis laissé aimanter par les néons années 60 du Golden Nugget Casino. Je suis entré dans cet énorme caveau dédié à la « pépite d'or ». Des salles et des salles de tous les jeux de hasard possibles et imaginables. C'était d'abord des centaines de bandits manchots activés par une clientèle à large fessier et mine perpétuellement déçue, la main convulsivement serrée sur d'immenses gobelets en plastique remplis de pièces. Il y avait les accros de la roulette, les yeux fixés sur la roue tournoyante et jetant des jetons autour de la table avec une fébrilité angoissée ; puis les joueurs de craps, qui semblaient ne pas avoir fermé l'œil durant les cinq dernières années, et les fidèles du black-jack, concentrés sur leur affaire – silencieux, le black-jack, un jeu où les amateurs n'ont pas vraiment leur place.

Je suis allé à une caisse et j'ai tendu mes dix mille dollars à l'employée, qui n'a pas même cillé : les liasses de cette épaisseur sont courantes, à Vegas, et dix bâtons ne représentent pas une grosse somme. Je suis retourné à la table de black-jack que j'avais choisie sur les quatre disponibles parce que le croupier, un Américain d'origine asiatique à l'expression de gardien de prison et au maintien irréprochablement professionnel, m'inspirait confiance. Je me suis assis. L'une des serveuses – minijupe, décolleté conséquent – s'est approchée, je lui ai commandé un Diet Coke – boire ou jouer, il faut choisir – et, hormis pour une visite aux toilettes, je n'ai plus quitté ma place au cours des six heures suivantes.

Ma pile de jetons est montée, descendue. J'ai vu un Japonais s'effondrer quand il a séparé une paire d'as initiale et n'a pu battre le valet et le neuf de cœur du croupier. Moi, j'ai perdu gros avec un as et un dix face à l'as et à la reine de cœur de la maison, mais j'ai gagné gros également sur un hold avec un dix de carreau et un six de cœur, le croupier crashant avec un roi en supplément de son dix de pique et son deux de cœur.

J'ai continué à siroter du Diet Coke et à me dire : « Ni je perds ni je gagne, je garde juste ce qui est à moi. »

Vers trois heures du matin – j'ai consulté ma montre, vu que les casinos, sans fenêtres ni horloges, sont plongés dans une nuit éternelle et climatisée –, j'ai résolu d'attendre un signe qui m'indiquerait ce qu'il allait falloir faire ensuite. Il s'est présenté alors que j'avais perdu quatre mille dollars et que je commençais à flancher. Ma main suivante a été un as caché, suivi d'un deux de trèfle. Plus merdique, impossible. Aucun espoir. Pourtant, c'est précisément à ce moment-là qu'une voix dans ma tête, celle qui m'encourage toujours à larguer les amarres, à prendre le risque, à bousculer l'ordre immuable des choses, m'a prescrit : « Joue tout le paquet, et si tu gagnes… »

« Si je gagne… » À part Sal, qui savait pertinemment qu'il m'intimidait trop pour que je pense seulement à le rouler dans la farine, mes clients étaient des courtiers en assurances, des petits commerçants, des garagistes. Mes deux enfants n'avaient aucune estime pour moi et, maintenant qu'ils volaient péniblement de leurs propres ailes, ne téléphonaient presque pas et ne passaient que trois fois par an à la maison pour partager l'un de ces dîners insipides dont Brenda avait le secret. Quant à ma chère et tendre, chef comptable dans une caisse de prévoyance, elle se plaignait sans arrêt que la vie ne soit qu'une succession de déceptions.

« Si je gagne… » Est-ce qu'une carte peut tout changer ? Seulement si on le veut pour de bon. C'est tout le truc des jeux de hasard : on peut toujours évaluer les chances, faire le calcul des probabilités et des risques, la carte arrive sur la table et, chaque fois ou presque, sa valeur est déterminée de façon arbitraire, incontrôlable. Ou non.

« Un as et un deux. Ça peut être un trois, ou un treize. »

— Je tire, ai-je lancé au croupier.

Il a sorti du boîtier une carte, me l'a lancée, et quand il a annoncé à la ronde « roi de trèfle » mon cœur s'est arrêté. J'avais maintenant un quatorze, une main difficile au black-jack puisque tout ce qui arriverait ensuite en dessous de quatre serait faible, et tout ce qui dépasserait un sept signifierait que j'étais essoré. Parce que j'avais parié toute ma pile, cinq mille huit cent vingt dollars pour être précis. Ma seule chance de gagner était que le courtier brûle, et il était sacrément bon… Un boulier virtuel cliquetait dans mon cerveau, je n'ai pas eu d'autre choix que de dire :

— Je tire encore.

Son flegme confinant au cynisme, le courtier a retourné une carte devant moi et je n'ai pu m'empêcher de tressaillir. Sept de carreau. Vingt et un ! Imbattable, à moins que le courtier ne sorte le black-jack… Après son neuf de pique et son trois de carreau, c'est toutefois un dix de trèfle qui est apparu. Et mes cinq mille huit cent vingt dollars se sont transformés en onze mille six cent quarante.

J'ai changé mes jetons et je suis rentré à pied à mon hôtel. J'ai acheté une bouteille de bourbon dans un magasin de spiritueux, à l'entrée duquel un petit mec m'a proposé du crack, des amphètes et une vierge de dix-sept ans. Je lui ai répondu que j'avais mieux à faire de mon temps. Comme par exemple retourner à ma chambre, écluser mon bourbon et attendre qu'il fasse jour sur la côte Est. Et là, l'esprit étonnamment vif malgré le manque de sommeil et l'alcool qui circulait dans mon système sanguin, j'ai téléphoné à Marv Irving, le patron d'un cabinet comptable plus important que le mien qui avait laissé entendre dans les deux dernières années qu'il serait prêt à racheter ma boîte.

« Faites-moi une offre », ai-je lancé d'entrée. Vingt minutes d'âpres discussions plus tard, nous sommes tombés d'accord sur la somme de trois cent cinquante mille dollars, ainsi qu'une garantie de maintien dans l'entreprise pour mes cinq employés. Ensuite, j'ai appelé mon avocat pour lui apprendre ce que j'avais fait – « Tu es cinglé, j'aurais pu t'avoir deux fois plus ! » – et ce que je m'apprêtais à faire. Puis j'ai donné un coup de fil à ma femme pour lui annoncer que je ne rentrerais pas, que je demandais le divorce, qu'elle pourrait garder la maison, la villa sur la côte, nos assurances-vie et l'énorme bagnole qu'elle aimait tant conduire, mais que si elle essayait de contester pour avoir plus, je n'hésiterais pas à appointer un pitbull en guise de conseil juridique.

— Tu es cinglé ? a-t-elle demandé sur un ton qui prouvait qu'elle ne me prenait pas au sérieux.

— Exactement. Je suis cinglé.

Elle s'est mise à m'accuser de céder à une crise d'adolescent, de m'abandonner à des enfantillages.

— Tu as besoin de te ressaisir, Arnie.

— Non. J'ai besoin de jouer, et de jouer gros.

— Toi, un joueur ? C'est comique !

— Ris tant que tu veux. Je ne reviens pas.

— Et qu'est-ce que tu vas faire, alors ?

— Prendre des risques. Taquiner le destin. Tenter la chance.

— Tu as perdu la boule, Arnie.

— Ça, c'est sûr…

J'ai refermé mon portable, j'ai placé le panneau *« Do not disturb »* sur le loquet de ma porte et j'ai dormi jusqu'à cinq heures du soir. À mon réveil, je me suis connecté non pour répondre à mes e-mails professionnels mais pour trouver une agence qui, moyennant cinq cents dollars, récupérerait ma voiture à l'aéroport de Newark et la ferait conduire par quelqu'un jusqu'à Las Vegas. Encore une chose de réglée. Descendu à la réception, j'ai découvert que ce bouge louait des studios au mois pour vingt-quatre dollars. Réglé. Après m'être douché et rasé, je me suis rendu à une boutique de vêtements pour hommes qui semblait s'être arrêtée au temps d'Elvis et où j'ai fait l'acquisition de deux chemises hawaïennes vraiment voyantes et ringardes, de quelques shorts et d'une paire de sandales violet foncé : « Eh, je suis dans le Vieux Vegas, je ne suis pas censé avoir du goût ! » Revenu dans ma chambre, j'ai enfilé un haut bariolé à faire frémir, un short en polyester, les sandales criardes, et je me suis dit : « Maintenant, tu as l'air d'un type qui se fiche de tout. » Sur le trajet du casino, j'ai donné mon costume deux pièces plié avec soin, deux chemises blanches et mes mocassins noirs encore bien cirés au premier clodo que j'ai croisé.

— Qu'est-ce que j'vais foutre de ces fringues de rupin ?

— Mettez-les pour aller à l'église.

— Tu parles ! La seule fois que j'serai fringué comme ça, ça s'ra dans mon cercueil !

J'ai continué mon chemin. Je suis entré au Golden Nugget au moment où deux vigiles sortaient par la peau du cou un Mexicain remarquablement corpulent et colérique, en train de beugler qu'on lui avait volé tout son argent.

— Si tu veux garder ton flouze, a rétorqué l'un des gardes, tu le laisses dans ta poche, pas à la roulette.

Abandonnant cette petite scène de genre derrière moi, je me suis dirigé droit à ma table de black-jack favorite. J'ai eu de la veine : le croupier asiatique était de service. Tout en continuant de distribuer ses cartes, il a salué mon retour d'un infime signe de tête. La même serveuse que la veille s'est approchée. Elle se souvenait de moi parce que je lui avais laissé un billet de vingt dollars en pourboire.

— Encore vous, a-t-elle noté sobrement avant de prendre ma commande – Diet Coke – et de passer à une autre table.

J'ai empilé mes onze mille six cents dollars de jetons sur le feutre devant moi, fait craquer mes phalanges et annoncé à la cantonade :

— Allez, au boulot.

Parce que c'est ici que je travaille, maintenant. C'est ce qui définit mes journées. C'est ce qui m'occupe et me comble. Je joue.

Fera l'affaire

Quand le taxi commandé s'est arrêté devant chez moi ce matin, je me suis soudain fait la réflexion que j'allais être un électron libre pendant les quarante-huit heures suivantes. Mais alors que je m'installais sur la banquette en skaï noir, cette bouffée d'euphorie a été remplacée par une question dérangeante : est-on jamais vraiment libre ?

Moi, je ne le suis pas.

Sur le papier – mais qui se sert encore de ce support, de nos jours ? –, ma vie ne paraît pourtant pas manquer d'attraits. Si l'on ne considère que la surface scintillante de mon existence, à quarante-quatre ans, je suis une femme comblée. J'ai un métier que je ne déteste pas, avocate spécialisée en fusions-acquisitions dans un important cabinet de la City ; je suis mère, et le fait que mes enfants aient aujourd'hui trois et cinq ans prouve que j'ai été capable de me faufiler dans ce dernier créneau après lequel la maternité nous est interdite. Derek, mon mari, est lui aussi avocat à Londres, son point fort étant les faillites d'entreprise. Quand nous nous sommes connus, il y a six ans, il a bien compris qu'une relation sérieuse entre nous signifierait fonder une famille rapidement, et je dois porter à son crédit qu'il n'a pas flanché ni couru s'enrôler dans la Légion étrangère lorsque, six mois plus tard, j'ai invoqué la fameuse horloge biologique et annoncé qu'à la veille de mon trente-huitième anniversaire mon temps se révélait sérieusement compté.

Comme moi, Derek sortait d'un échec sentimental dévastateur, sa compagne de huit années l'ayant brusquement laissé tomber pour un producteur de musique rock ridiculement riche, et comme moi ses déceptions antérieures l'avaient fragilisé sur le plan émotionnel. Avant lui, j'étais passée d'une triste histoire à une autre, au point d'en venir à me demander si je n'étais pas inconsciemment attirée par un type d'hommes précis : instables, dépressifs, mais toujours intéressants. Derek constituait un vrai changement, après les intellos mélancoliques dont je m'étais apparemment fait une spécialité : il était raisonnable, méticuleux, doué de bon sens et d'esprit pratique.

Nous venions de deux mondes différents, pourtant. Derek est de Croydon, enfant de deux fonctionnaires qui travaillaient au service des impôts local et ne se plaignaient jamais de rien. Il était déterminé à s'extraire de cet univers banlieusard étriqué, mais on n'échappe jamais entièrement à ses origines, il faut croire, puisque, malgré sa réussite professionnelle et le respect de ses confrères, il ne peut réprimer un certain ressentiment instinctif en présence de quelqu'un issu d'un milieu privilégié, avec son accent châtié et son passage par Oxford, Cambridge ou autre université d'élite.

Justement, j'ai étudié dans un lycée privé puis à la faculté de droit de Bristol, qui certes n'a pas la même valeur qu'« Oxbridge » mais en est toute proche, selon les conceptions de Derek. Et je viens d'une famille aisée de Wimbledon, le nom de mon père étant connu dans toute la City tandis que ma mère, en plus de son statut de femme au foyer, exerçait comme magistrate à temps partiel. Bien que mes parents aient visiblement eu dès le début des réserves quant à l'extraction sociale de Derek, le fait qu'il soit associé dans un cabinet juridique réputé, et que je leur aie appris qu'il était d'accord pour faire le grand saut avec leur fille, a dissipé en partie leurs réticences. Le lendemain du jour où je le leur avais présenté, ma mère m'a dit au téléphone, en référence à Derek : « Bon, fera l'affaire. »

« Fera l'affaire. » Je n'ai jamais eu les meilleures relations avec ma mère, en raison notamment de son manque d'indulgence et de sa froideur, mais même si son commentaire m'a fait grincer des dents, et réprimer une bouffée de rage, une autre partie de moi a dû reconnaître qu'elle venait de proférer une très désagréable vérité. D'autant qu'elle a immédiatement complété cette remarque par une seconde tout aussi cruellement lucide : « Cela dit, est-ce que quiconque fait l'affaire pour toujours ? »

Pensait-elle à son propre mariage en me disant ça ? Ou était-ce sa façon de me recommander d'obtenir tout ce que je pouvais de Derek avant la fin inéluctable de notre couple. La réaction de ma chère maman avait une dimension victorienne par son pragmatisme brutal et sa vision de l'union conjugale comme contrat social plutôt que comme consécration symbolique de l'amour réciproque et espoir d'une heureuse et longue vie commune. Pour être franche, j'ai eu moi aussi conscience dès le début que mes projets matrimoniaux avec Derek étaient dominés par une notion d'urgence, au regard de mes chances déclinantes d'enfanter.

Dans mes mobiles, et je ne l'ai compris que récemment, il y avait aussi l'absurde conviction que j'arriverais à changer Derek, d'une certaine manière. À éveiller son intérêt pour la littérature et les arts, à le rendre plus chaleureux, plus romantique, plus… Peut-on jamais changer qui que ce soit ? Peut-on jamais changer soi-même ?

Mais enfin, le fond de l'histoire était simple : je voulais tomber enceinte et c'est ce qui est arrivé. Derek et moi avons passé toutes les étapes que n'importe quel couple de notre milieu social franchit pour se préparer un avenir partagé. Nous nous sommes endettés afin d'acheter à Londres-Sud – un quartier très prisé par les jeunes foyers relativement aisés – une maison de style victorien qui nécessitait un investissement supplémentaire d'environ cent mille livres sterling pour sa rénovation. Nous avons officialisé notre union à la mairie de Clapham, et lors de la petite réception qui a suivi, réunissant une vingtaine de parents et amis, chacun de nous a évoqué dans son discours ce qu'il y avait de merveilleux à trouver enfin son alter ego après des années de déboires sentimentaux. Notre première fille, Zoe, est née cinq mois plus tard, et Samantha, la seconde, deux ans après elle. La vie est devenue un exercice d'équilibriste, un jonglage permanent avec nos emplois du temps respectifs, Derek et moi tentant d'assumer notre rôle de parents dans les rares plages horaires laissées vacantes par nos agendas professionnels plutôt chargés, notre budget désormais très serré en raison du prêt immobilier et des crédits pour les travaux, chacun de nous alignant des journées de travail de dix heures et se retrouvant généralement incapable de s'occuper de nos toutes petites filles le week-end.

Au début, la nouveauté stimulante de l'expérience, ajoutée au rythme trépidant que nous nous imposions, a empêché notre vie conjugale de sombrer dans la routine, même si des signes d'usure domestique apparaissaient ici ou là. Mais, peu après le troisième anniversaire de Samantha, alors que nous avions dû contracter une rallonge de crédit de trente-cinq mille livres pour refaire la toiture de la maison, j'ai commencé à surprendre dans les regards que Derek m'adressait une sorte de ressentiment non dépourvu d'hostilité, comme si c'était moi qui l'avais persuadé de renoncer à sa liberté. À partir de ce moment-là, il s'est montré toujours plus distant et renfermé, disparaissant pendant une grande partie des week-ends pour finir quelque dossier au bureau ou rejoindre des amis, ne trouvant jamais de temps à passer avec ses filles, refusant de s'expliquer avec sa femme sur les raisons qui le faisaient fuir les discussions à propos de son manque d'engagement sur le terrain conjugal et familial.

Et puis un matin, alors que vous avez acquis tous les éléments de la stabilité domestique : les enfants, la jolie maison, les deux salaires, la jeune fille au pair, le Land Rover garé dans l'allée – car nous avions évidemment besoin d'un 4 × 4 pour traverser le terrain accidenté du grand parc de Wandsworth –, vous vous apercevez que le fossé entre votre mari et vous s'est tellement creusé que cet homme vous est devenu étranger.

Et pourtant, pourtant… je ne l'ai jamais rejeté sur le plan sexuel, même si nos ébats, jadis raisonnablement satisfaisants, ont pris peu à peu un caractère forcé et superficiel. J'ai bien sûr cherché à discuter de ce problème avec Derek, qui a d'abord réagi en simulant un regain de désir, mais son manque de passion pendant l'acte restait patent, et révélateur. Ces derniers temps, son désintérêt en la matière est tel que, s'il ne me prend l'envie de le solliciter, il se renferme encore plus dans sa coquille.

Samedi dernier, quand il est rentré après son match de football hebdomadaire et tandis que nos filles étaient installées devant la télé, regardant *Le Roi Lion* pour la septième ou huitième fois, je l'ai entraîné dans notre chambre, je l'ai poussé sur le lit et j'ai entrepris de le déshabiller ; sans me laisser le temps d'aller plus loin, il s'est relevé d'un bond et il a disparu dans la salle de bains. Lorsque je l'y ai rejoint, il était sous la douche.

— Je peux venir avec toi ? ai-je demandé.

— Si tu insistes.

Sa réponse m'a fait l'effet d'une gifle.

— Je n'insiste pas ! Je pensais simplement que…

— Tu pensais quoi ?

— Que tu pourrais avoir envie de moi autant que moi de toi.

— Ah…

— Derek ?

— Que veux-tu que je réponde à ça ?

— Je voudrais que tu me parles, que… Pourquoi cette distance ? Pourquoi sommes-nous incapables de discuter de notre vie ?

Il m'a regardée droit dans les yeux.

— Parce que ce n'est plus une vie.

— Ne dis pas ça !

— Pourquoi pas ? Tu préfères que je te cache la vérité ?

— C'est la vie que nous avons voulue, que nous…

— Non. C'est celle que « tu » as voulue. Moi, j'ai seulement été assez bête pour croire que je la voulais aussi.

J'ai eu l'impression qu'on venait de me pousser dans le vide. Mon cerveau de juriste s'est mis à chercher une réplique argumentée à ce constat atterrant de notre situation, mais tout ce dont j'ai été capable a été de murmurer d'un ton suppliant :

— On peut arranger ça…

Mon mari s'est contenté de hausser les épaules et

de lâcher avec une ironie désabusée qui ne m'a pas échappé :

— Mais oui.

C'était il y a quatre jours. Ont suivi quatre jours et trois nuits au cours desquels nous nous sommes effectivement transformés en étrangers l'un pour l'autre. Il n'y a pas d'agressivité entre nous, nous n'échangeons pas de mots blessants et, devant les filles, Derek continue de jouer au papa rigolo, ce qu'elles adorent mais dont il se lasse au bout de dix minutes pour aller s'enfermer dans le bureau qu'il s'est aménagé à l'étage. En dehors de ces rares intermèdes de cohésion familiale, le silence règne, un silence écrasant.

Hier soir, sachant que j'allais être absente deux jours pour un rapide voyage professionnel à Paris, j'ai cherché à le rompre. Je me suis tournée vers Derek dans le lit et j'ai demandé calmement :

— Combien de temps ça va durer ?

— De quoi parles-tu ?

— Oh, s'il te plaît…

— S'il te plaît « quoi » ?

— Je t'en prie… Tu ne vois pas à quel point lamentable on est parvenus ? Tu n'es plus jamais là. Et quand tu es à la maison physiquement, tu es ailleurs en pensée.

— Tu sais lire dans les pensées, maintenant ?

— Qu'est-ce qui te prend, Derek ?

Silence. Il a eu l'un de ces haussements d'épaules dédaigneux qui sont devenus sa forme de communication favorite. Et sa réponse est venue, sèche, laconique :

— Le mariage.

Et il m'a présenté son dos.

— Tu peux partir, si tu veux.

— Tu as l'intention de divorcer ?

— Non, j'ai l'intention de te laisser la voie libre. Fiona va s'occuper des filles ces deux prochains jours, alors si elles se réveillent en pleine nuit et que tu es en vadrouille, ce ne sera pas un problème.

— Tu utilises le sarcasme pour communiquer, maintenant ?

— Je te dis simplement que si tu veux partir pendant que je ne suis pas là, je n'y vois pas d'objection.

Il a roulé sur le flanc pour me faire face.

— Et pour quelle raison je voudrais m'en aller ?

— Parce que tu te morfonds ici, c'est tellement clair…

— Je n'ai jamais dit ça.

— Alors pourquoi cette distance, pourquoi cette muraille entre nous ?

— À toi de me l'expliquer.

— Oh, tu es impossible !

— Non. Juste aussi malheureux que toi.

— Si je suis malheureuse, c'est parce que tu t'es replié sur toi, que tu me rejettes.

— Et as-tu seulement essayé de te demander pourquoi ?

— Comment ? Mais ça fait des semaines que j'essaie de te convaincre de parler !

— Mais tu ne le sais toujours pas, n'est-ce pas ?

— Bon, ça suffit, ai-je tranché, lui tournant le dos à mon tour. Je dois me lever dans cinq heures.

— Tu en as de la chance, de pouvoir t'enfuir…

— Quoi ? Je serai de retour dans quarante-huit heures, voyons !

— Et je serai là.

— Pourquoi ?

— Mais parce que je vis ici…

— Même si tu es toujours ailleurs ?

— Je vis ici, a-t-il répété.

— Mais tu détestes cette situation.

— Je ne sais plus ce que j'en pense vraiment.

— Alors, pars et mets de l'ordre dans tes idées.

— Je peux aussi le faire en restant.

— Dans ce cas, arrête de te comporter en étranger avec moi.

— Même si tu fais la même chose ?

J'ai brusquement pivoté sur moi-même, prise d'une colère subite.

— Moi, je fais la même chose ? Qu'est-ce qui t'autorise à dire une énormité pareille ?

Il m'a observée et, à ma grande surprise, il a souri. C'était le sourire de quelqu'un qui vient de pousser son adversaire dans un coin dont il aura du mal à s'extraire.

— Voilà un sujet de réflexion pour les deux jours à venir, a-t-il répondu.

Sur ce, il a roulé sur le côté et il s'est endormi.

Quand le réveil a sonné à sept heures, il n'était plus là. Il avait laissé un mot sur son oreiller. Deux mots, en français : « Bon voyage. »

Une heure plus tard, après avoir serré les filles dans mes bras sans pouvoir mettre fin à mon étreinte, car c'était la première fois que j'allais me séparer d'elles aussi longtemps depuis que je les avais mises au monde, je suis sortie dans le maigre soleil de ce matin d'hiver londonien. Le taxi m'attendait. Et là, sur la banquette arrière, je me suis dit…

Je me suis dit : « Tu crois te connaître et savoir ce que tu veux. Tu rencontres quelqu'un qui lui aussi a l'air de se connaître et de savoir ce qu'il veut : partager sa vie avec toi. Cette vie n'est pas idéale, lui ne l'est pas non plus, mais il… fait l'affaire. Davantage, en réalité, puisque, finalement, vous obtenez tout ce que lui et toi disiez vouloir. Mais maintenant, il connaît la vérité : tu t'es résignée, et lui aussi. Pour lui aussi, tu fais l'affaire. Et en parvenant l'un et l'autre à cette constatation vous vous retrouvez, chacun à sa manière, devant l'énigme la plus basique et la plus importante de l'existence : une fois que nous avons obtenu ce que nous voulions, que reste-t-il ? »

Couche-tard

« Tu t'es lancé à la poursuite de ta dernière chance, c'est ça ? » Voilà ce que m'a dit ma femme ce matin à l'aube. La garce. Surtout, ne vous mariez jamais avec quelqu'un qui est encore plus déçu par la vie que vous : la dépendance mutuelle augmentera à la vitesse grand V, et vous vous réveillerez un matin au côté d'un être qui se sera complètement enfoncé dans sa négativité toxique. En particulier ma femme, parce qu'elle considère que si elle vit dans un coin paumé, élève deux enfants et se voit obligée de rapporter au foyer un modeste mais indispensable second salaire en assurant vingt heures par semaine à la bibliothèque de la petite université du Maine où vous enseignez, c'est uniquement à cause de vous.

Cet établissement est pourtant relativement coté, certes pas dans le peloton de tête des universités du pays mais pas non plus en queue dudit peloton. La ville est l'une de ces agglomérations qui, après avoir prospéré grâce aux industries locales et avoir abrité une bourgeoisie aisée – d'où l'existence du campus –, a basculé dans la dépression d'un monde où les usines n'existent plus que dans les lointaines contrées à main-d'œuvre bon marché, et où les indigents et les chômeurs traînent la savate entre les vestiges décrépits de son âge d'or.

L'université elle-même est installée au sommet d'une colline, confortablement séparée par plusieurs kilomètres de cette cité à la dérive. Le campus est assez joli, dans le style modérément pseudo-gothique apprécié en Nouvelle-Angleterre. Si mes étudiants ne sont pas nuls, la plupart manquent de caractère et de passion. J'enseigne la création littéraire, ici, et je déteste ça, mais je me garde d'exprimer ce sentiment à voix haute à la maison parce que cela ne ferait qu'alimenter le désespoir que je tente de contenir chaque jour.

Toutefois Louise, ma femme, est parfaitement au courant de mon état d'esprit. Quand nous nous sommes connus à New York (Manhattan, pas la banlieue) il y a dix ans, j'étais un romancier qui passait encore pour « prometteur », un qualificatif qui peut se révéler aussi encourageant que traître. Louise était chef de rubrique dans une revue féminine. Tout nous semblait possible, le monde nous appartenait. Et puis, alors que notre histoire entrait dans sa troisième année, mon quatrième roman a été refusé par tous les éditeurs de la ville, après que les trois précédents avaient rencontré un succès critique des plus limités et avaient fait un four sur le plan commercial. Les commandes de la presse écrite, qui avaient été nombreuses à l'époque où j'étais un romancier qui commençait à être publié, se sont taries. Louise est tombée enceinte de notre première fille. Son salaire au magazine permettait de payer le loyer, mais guère plus. « Il faut qu'on bouge, m'a-t-elle assuré. Qu'on trouve un endroit où tu puisses continuer à écrire mais où on ait quand même une vie. »

Le sous-entendu était clair : « Va enseigner. » En conséquence, je me suis mis à chercher activement un poste dans une université. Le meilleur qui se soit présenté était dans celle de ce coin perdu du Maine. C'était payé correctement et Louise, abandonnant son passé de citadine cosmopolite, a choisi pour nous une maison « avec un grand potentiel » au bord d'un fleuve dans une petite ville à une vingtaine de kilomètres. Si le prix était raisonnable – l'équivalent d'un an et demi de mes émoluments –, les chambres étaient étriquées et l'environnement plus rural que bucolique.

Pourquoi me suis-je laissé entraîner dans cette aventure ? Parce que, avec mon roman rejeté par tout le monde, mon agente se disant peu impressionnée par les cinq chapitres du manuscrit en cours que je lui avais montrés et n'ayant aucune proposition de contribution journalistique en vue, je me retrouvais dans le mur, professionnellement parlant, à trente-trois ans – oui, le fameux âge de la crucifixion... Enseigner, c'était une source de revenus et de stabilité, un moyen d'assumer mes responsabilités de mari et, bientôt, de père. Et aussi, en théorie, j'aurais ainsi le temps d'écrire pour moi.

Quand nous nous fourrons dans une impasse que nous avons nous-mêmes conçue, nous sommes souvent enclins à nous rassurer en répétant que c'est seulement un compromis momentané, un pis-aller pour faire face aux exigences du moment dont nous nous libérerons dès que ce sera possible. Et puis, les dures réalités de l'existence imposent leur diktat, sous la forme de déclarations comme : « Ne viens pas me dire que, sous prétexte que ta foutue "inspiration" t'est soudain revenue, tu ne vas pas pouvoir t'occuper des gosses alors que c'est le jour de mon cours de zumba. »

Ça, c'était Louise hier soir, sur les nerfs après une nouvelle nuit blanche passée avec Justine, notre bébé d'à peine trois mois en proie à des coliques. Que nous ayons eu un second enfant est la preuve de notre détermination commune à nous engager un peu plus avant dans une voie sans issue. À vrai dire, depuis que nous

nous sommes repliés dans le Maine, ma femme et moi avons tout fait pour créer une ambiance de marasme conjugal à la Strindberg dans cette bicoque que nous en sommes tous deux venus à haïr.

Que l'on n'interprète pas mal mes propos, cependant : j'adore mes filles, je ferais n'importe quoi pour elles. Le problème, c'est qu'il n'y a plus d'amour entre leur mère et moi depuis longtemps. Nous sommes deux acteurs jouant des rôles ingrats et rabâchés, elle celui de la mère à moitié au foyer, amère et frustrée, moi celui du mari harassé par les compromis et à la créativité en berne. Nous rejouons sans cesse cette même scène étouffante, et chacun en rejette la faute sur l'autre.

Le fait est que je me suis récemment attelé pour de bon à un nouveau projet de livre. Je l'ai dit à Louise, qui voit bien que je me suis remis à travailler dur. Chaque soir, une fois revenu du campus, après avoir passé un moment avec les filles et avoir dîné dans une atmosphère tendue avec Louise, je referme la porte de mon bureau derrière moi et j'écris jusqu'à minuit et plus, environ cinq pages par séance. C'est un peu comme si je marchais à la dexedrine ou je ne sais quelle substance chimique qui permettait à Jack Kerouac de rester au clavier de sa machine à écrire une semaine durant sans dormir, le temps de pondre le prolifique premier jet de *Sur la route*.

À cet instant, je ne dirais pas non à quelques cachets amphétaminés, vu que je n'ai pas fermé l'œil depuis deux jours et deux nuits. Appelons ça de la suractivité créatrice. Ou une accumulation d'anxiété professionnelle – car je ne peux pas me permettre de me voir refuser un autre manuscrit –, associée au stress produit par l'implosion de notre couple. Les choses en sont arrivées à un tel point entre nous que tout à l'heure, un peu avant le lever du jour, Louise a passé la tête par la porte et m'a gratifié de sa remarque assassine : « Tu t'es lancé à la poursuite de ta dernière chance, c'est ça ? »

Je me suis retenu de répliquer : « Tu as raison, putain, c'est exactement ça ! » Et maintenant que je suis assailli par la certitude que ma vie est partie à vau-l'eau, que je vais continuer ma dégringolade, que le cul-de-sac dans lequel je me débats, c'est moi-même qui m'y suis fourré… à quoi bon dormir ? Pourquoi succomber à la fatigue alors que mon travail avance si bien ? Et, à ce propos, pourquoi ne pas me faire un plan à la Kerouac ? Rester debout toute la semaine à venir, jusqu'à ce que le roman soit achevé. Composer le chef-d'œuvre que je suis certain d'avoir au bout des doigts, à présent. Bouleverser le cours de ma vie en seulement sept jours sans sommeil…

Et donc, sitôt que Louise est partie avec les filles pour la journée, je me suis rué jusqu'au placard à médicaments et j'ai exhumé le flacon de dextroamphétamine – trente-huit comprimés, je les ai comptés un à un – que mon médecin m'a prescrit il y a quelques mois à cause de l'un de ces accès de déficit de l'attention que je connais de temps à autre depuis l'enfance. Également connu sous le nom de dexedrine, le stimulant miracle que l'armée de l'air américaine avait coutume de distribuer à ses pilotes dans le passé afin d'aiguiser leur concentration et leur résistance à la fatigue.

À partir de maintenant, j'allais être exactement ça : un as de l'aviation littéraire. Captain Fiction ! Agrippé à mon clavier comme au palonnier d'un chasseur supersonique et… J'ai avalé deux cachets d'un coup, soit le double de la dose conseillée, et je suis retourné à ma table. Environ une demi-heure après avoir repris le travail, j'ai senti un incontestable afflux d'énergie au cerveau. À midi, j'avais pondu sept pages ; à trois heures, quand Louise est revenue de son travail et de la crèche avec les enfants, huit de plus.

— Qu'est-ce que tu fais là ? s'est-elle étonnée. Tu ne devrais pas être en cours ?

— J'ai téléphoné pour dire que j'étais malade. Et j'ai écrit quinze pages !

Elle m'a observé d'un air intrigué, connaissant ma lenteur habituelle. Elle a vu que j'avais les pupilles dilatées et remarqué que j'étais anormalement excité.

— Tu es défoncé ou quoi ?

— Quelque chose dans ce genre. Mais le résultat est là.

J'ai montré du doigt la petite pile de feuillets que je venais d'imprimer.

— Et c'est bon ?

— Je te laisse le soin d'apprécier mais en fait, ouais, je suis vraiment lancé, je tiens un filon d'enfer, je…

— J'ai mon cours de zumba ce soir, m'a-t-elle coupé. Tu vas devoir laisser tomber ton filon d'ici une heure pour t'occuper des filles jusqu'à mon retour.

— Impossible.

Elle m'a jeté le même regard que si je venais d'avouer que j'avais une liaison avec sa demi-sœur de seize ans, le fruit du second mariage de son père qu'elle ne ratait pas une occasion de décrier.

— Qu'est-ce que tu viens de dire ?

— Prends les filles avec toi. Je suis en train d'écrire.

— Tu ne peux pas faire une chose pareille !

— Tu veux parier ?

— Je ne le permettrai pas.

— Et de quel droit, je te prie ? Qui est-ce qui paie presque tout dans cette maison, qui est forcé de faire un travail qu'il n'aime pas, qui…

— Tu fais un travail que tu n'aimes pas parce que tu as échoué dans celui que tu aimes.

C'est là que je lui ai claqué la porte de mon bureau à la figure. Et j'ai bloqué le loquet, cette fois. Et j'ai avalé un autre cachet de dexedrine, parce que je percevais une légère inflexion dans mon état psychologique, et aussi parce que Louise s'était mise à marteler la porte à coups de poing et à hurler des menaces et des qualificatifs désobligeants à mon encontre. Bientôt, pourtant, la nouvelle dose de dexo – j'avais décidé d'appeler le médicament par ce diminutif, désormais – a effacé toutes ces interférences, tout ce tapage domestique. Je planais. Pas encore à la vitesse du son mais en tout cas à une altitude respectable. Regagnant mon siège, j'ai pris des écouteurs que j'ai branchés à mon ordinateur avant de me connecter sur Internet à une station de radio digitale spécialisée dans le heavy metal le plus brutal qui soit, quasiment néofasciste, et j'ai poussé le niveau sonore au maximum jusqu'à ce que…

J'ai perdu la notion du temps. À un moment, j'ai relevé la tête et je me suis aperçu que dehors la nuit était tombée. Après avoir cliqué sur l'icône de l'imprimante, j'ai fait la stupéfiante découverte que je venais d'écrire vingt et une pages. Vingt et une en trois heures ! Dans un passé très proche, cela aurait représenté pour moi quinze jours de labeur acharné.

Je m'attendais à moitié à ce que ces feuillets composés dans la transe se révèlent un galimatias innommable, mais, en parcourant fébrilement mon texte, je suis parvenu à un constat indiscutable : c'était plus que bon. J'avais écrit avec une aisance et une rigueur qui m'avaient notablement manqué ces derniers temps. L'histoire que je racontais prenait corps et se développait, saisissante de réalisme et pleine de surprises. C'était celle d'un écrivain pris au piège d'un mariage désastreux, et à qui son épouse, elle-même romancière ratée, dérobe par dépit et désir de vengeance son manuscrit presque terminé et le publie sous son propre nom. Elle se corsait quand le type découvrait que, non contente de coucher avec son éditeur, son épouse avait planifié non seulement de lui voler sa carrière mais aussi de le pousser sur une trajectoire dont l'aboutissement serait la chaise électrique ; peu à peu, il parvenait à la conclusion que sa seule chance était de tuer cette garce, mais de telle façon que le meurtre soit forcément attribué à son éditeur.

« Quand la pulp-fiction revisite Dostoïevski » : tel allait être le titre de la critique de la *New York Review of Books* lorsqu'ils feraient l'honneur à quelque prof de Yale de révéler au public le nouveau grand romancier américain qui venait d'écrire « le *Crime et châtiment* de notre époque ». Parce que, en effet, la tournure que prenait le livre allait en faire une approche captivante de la thématique de l'autopunition et de notre besoin compulsif de nous boucler dans des prisons personnelles où nous nous étiolons. Mais aussi parce que, à l'instar de Dostoïevski criblé de dettes de jeu qui l'obligeaient à écrire frénétiquement pour pouvoir payer ses créanciers menaçants, j'étais moi-même lancé dans un marathon désespéré en vue d'achever une œuvre majeure, une exploration sans égale de nos angoisses modernes et des impératifs matérialistes fallacieux dont nous nous faisons les esclaves.

Et puis merde, j'avais besoin d'un autre dexo maintenant, sur-le-champ. Parce que les filles s'étaient mises à frapper sur le battant de la porte en compagnie de leur mère. Et parce que, même dans le cabinet de toilette exigu attenant à mon bureau où je m'étais réfugié, les cris indignés de Louise me parvenaient : « Ils ont laissé cinq messages sur le répondeur ! Tu n'as assuré aucun de tes cours aujourd'hui et tu ne les as pas prévenus, c'est faux ! Ils sont inquiets pour toi mais aussi plutôt choqués par ton comportement ! Mais bon, qu'est-ce que je peux leur dire ? Bravo ! Tu vas passer en conseil de discipline, tu seras sûrement suspendu, et tu auras rendu notre existence encore plus merdique ; et si tu n'ouvres pas la porte tout de suite… »

Je n'ai pas capté la fin de son coup de gueule : planant de nouveau sous les effets du dernier dexo, j'étais de retour devant mon écran et un flot de musique concrète de quelque compositeur originaire de l'Oural – oui, c'est fou la quantité de trucs loufoques que l'on trouve sur le Web de nos jours… – m'emplissait les oreilles. Et j'ai repris le fil tendu à l'extrême de mon entreprise narrative.

Les mots et les phrases sortaient comme si mon imagination s'était soudée au clavier. Je n'avais besoin ni de me reposer ni de cogiter ; à aucun moment l'idée que le récit serait en train de partir dans une direction erronée ne m'a traversé l'esprit, je n'avais aucun… doute. Et combien de fois dans notre vie pouvons-nous nous féliciter d'avoir vécu ne serait-ce qu'une heure sans douter ? C'est tellement rare, dans la danse effrénée de la vie. Peu importe que l'on soit follement amoureux, en tête de liste des meilleures ventes, encensé par les critiques, donné comme le prochain prix Nobel de littérature à dix contre un, la vérité est qu'il est impossible de se libérer totalement de la sensation d'incertitude et d'appréhension qui affecte la condition humaine. Même si, à l'instar d'un paumé récemment entré dans une secte new age, vous vous marmonnez toute la sainte journée : « Je vais surmonter tous mes doutes, je vais surmonter tous mes doutes… », au fond de vous demeure la perplexité fondamentale, le point d'interrogation qui gouverne votre esprit et vous amène sans cesse à vous demander si vous arriverez jamais à comprendre le sens de la vie, et encore moins à cerner qui vous êtes.

À nouveau le tambourinage à la porte, à nouveau les cris et les imprécations. Ou du moins ce que je pouvais discerner des vibrations rageuses de la voix de ma conjointe, à travers le délire sonore qui avait envahi ma tête – déclenché par un groupe du Kazakhstan dont la composition faisait penser à une batterie de roulettes de dentiste en pleine action – et l'acharnement percussif de mes doigts sur le clavier.

Je me suis redressé. Les premières lueurs du jour emplissaient la fenêtre. Une nuit entière, ou plus ? J'ai mis en route l'imprimante avant de tituber jusqu'au cabinet de toilette. Là, j'ai pissé pendant deux bonnes minutes – c'est l'impression que j'ai eue, en tout cas –, puis j'ai rempli le lavabo à ras bord. Après avoir expulsé une telle quantité d'urine, que la dexedrine jaunissait encore plus, une vague de fatigue m'était tombée dessus d'un coup. Ma tête a plongé droit dans l'eau glacée. Puis, sans même prendre la peine de m'essuyer la figure, je suis retourné à mon bureau sur mes jambes flageolantes, et j'ai avalé deux autres dexo avant d'ouvrir enfin la porte et de regagner le monde extérieur. Un vif soleil remplissait le living au sol jonché de journaux, jouets d'enfants, DVD, deux bols festonnés de traces de crème glacée qui avait séché, un parc à bébé, diverses couvertures, un sac de couches non entamé… Les traces de la vie de famille. C'était ce que je voulais, j'en avais besoin. Ou était-ce plutôt que je me persuadais de le vouloir, d'en avoir besoin ? Je les aimais tant, les filles… Mais elles n'étaient plus que deux, maintenant que la troisième, Louise, s'était transformée en terroriste domestique ne me laissant aucun répit dans son acharnement à me rappeler que j'étais un raté.

Sauf que, dès qu'elle allait prendre la mesure de l'accueil enthousiaste que le pays entier – non, la planète ! – réserverait à mon dernier roman… J'ai crié son prénom. « Louise ! » Silence. J'ai appelé les filles. Silence. J'ai grimpé l'escalier en courant. Toutes les chambres étaient vides. « C'est quoi, cette connerie ? » Je me suis précipité en bas. Un mot sur le coin de la table de la cuisine : « Ils ont encore téléphoné hier soir, après que tu m'as fermé la porte au nez. Le recteur en personne, cette fois. Félicitations : tu es sur le point d'être congédié. Et moi, je ne resterai pas sous ce toit avec un malade mental. J'emmène les filles passer la nuit chez des amis. On reviendra demain après-midi prendre des affaires. Ensuite, je veux que tu fasses tes bagages et que tu aies quitté les lieux avant la fin de la semaine. Si tu es encore là dimanche – et quatre jours pour te trouver un logement, c'est plus qu'assez –, j'obtiendrai un arrêté du juge et l'assistance de la police pour te faire sortir d'ici. Et ne pense surtout pas que je vais te donner une seconde chance. »

J'ai roulé en boule le papier. Attrapant la boîte sous vide dans laquelle je mets mon café, j'ai rempli la cafetière française de ce mélange ultracorsé qui a ma préférence, versé de l'eau bouillante dedans, attendu le temps qu'il fallait après avoir poussé le filtre au fond du récipient en humant cet arôme puissant – le bon café a l'odeur de l'espérance –, puis j'ai bu trois mugs à la file.

« Louise bluffe, me suis-je dit. Elle n'a nulle part où aller, elle reviendra. Et une fois que le monde littéraire aura fait un triomphe à mon roman, elle voudra le partager à mes côtés. Reste à savoir si, moi, j'accepterai de l'associer à ma réussite. Tout le reste, ce sont des foutaises. Le recteur veut me taper sur les doigts pour avoir manqué un jour de cours ? Qu'il aille se faire foutre, ce robot coincé ! On verra bien quand Hollywood voudra négocier avec moi les droits cinématographiques, quand Harvard me proposera une chaire où je n'aurai à enseigner que deux heures par semaine… Il me suppliera de rester dans son université pourrie, l'épouvantable gratte-papier !

Ce que Louise ne comprend pas, c'est que chaque histoire individuelle, la mienne, la vôtre, la sienne, n'est jamais écrite d'avance, qu'elle se développe en variations imprévues. Toute vie est un récit, et le mien va connaître une fin radicalement différente de ce qu'elle envisage pour l'instant. »

Les deux dexo ont commencé à opérer leur effet qui, renforcé par le contenu d'une cafetière, m'a une nouvelle fois propulsé dans la stratosphère créatrice. Je suis retourné dans mon bureau, je m'y suis enfermé, j'ai placé les écouteurs dans mes oreilles : cette fois, c'était la totalité de *L'Anneau du Nibelung* que j'avais l'intention de faire exploser dans ma tête, seize heures consécutives de germanité wagnérienne, un chœur de nains, de Brunehilde et de chevaliers errants qui allait culminer dans un crépuscule des dieux où…

Clic. C'était parti. Le prélude de *L'Or du Rhin* s'est élevé, le drame installé. Changeant de fenêtre sur mon écran, j'ai parcouru le rapide synopsis de la première scène proposé en ligne : « Le Nibelung Alberich, un nain repoussant, s'empare de l'or gardé par les trois filles du Rhin au fond du fleuve. Suivant leurs explications, il leur promet de renoncer à l'amour pour forger avec ce métal précieux un anneau qui assurera le pouvoir absolu. Vexé de n'avoir pu s'emparer de l'une des trois beautés, il maudit l'amour et dérobe l'or. »

« N'est-ce pas la comédie humaine dans toute sa

splendeur : si tu ne peux pas avoir la fille, attrape le fric ? Ou bien écris le roman essentiel de ton temps, même si ta femme te traite comme un nain de jardin. Et, à propos de femme… » Mon épuisement temporaire effacé par les deux dexo, j'ai oublié que je n'avais pas fermé l'œil depuis des lustres et je me suis penché sur mon clavier dans une charge aussi furieuse que lucide. Un Niagara de mots a envahi l'écran, les pages se sont ajoutées aux pages, l'histoire a avancé au galop. J'étais en plein trip Kerouac, une nouvelle fois, mais, alors que ce bon vieux Jack avait écrit son chef-d'œuvre sur un énorme rouleau en papier défilant dans une machine à écrire, j'étais son successeur de l'ère digitale. Le texte se sauvegardait automatiquement, le roman grandissait à une vitesse exponentielle, la dexedrine multipliait l'impact de ces atouts technologiques, et tout a continué à cette allure folle jusqu'à… jusqu'au black-out. Il m'est tombé dessus d'un coup, comme ça : *bang*, tout s'est éteint.

Je me suis réveillé par terre. Avec un goût de sang dans la bouche. J'avais dû me cogner quelque part quand j'avais soudain perdu… Perdu quoi ? Conscience ? La notion de l'ici et maintenant ? La perception de la réalité qui m'entourait ? Mais… quelle réalité m'entourait, au juste ?

Je me suis péniblement redressé, clignant des yeux pour recouvrer mes esprits. Le brouillard chimique qui continuait à flotter dans mon cerveau ne m'offrait qu'une vue hachée de… de quoi, exactement ? Mon regard s'est posé sur la liasse de feuilles dans le baquet de l'imprimante, puis sur l'écran où le mot « Fin » luisait doucement au bas d'une page. J'avais donc réussi à terminer tout le damné machin ? J'avais réellement passé la ligne d'arrivée ?

J'ai cliqué sur l'icône d'impression. La machine

s'est mise à cracher les feuilles à un rythme effréné. Avant d'avaler mon premier dexo, j'étais à la page 31. Et là, c'était la… 448 ? Était-ce seulement possible ? Quatre cent dix-sept feuillets depuis que…

J'avais mal à la bouche. Et aux mains, comme si j'avais serré quelque chose beaucoup trop fort. Je suis allé au cabinet de toilette. Je me suis soulagé. J'ai plongé la tête dans le lavabo à nouveau rempli d'eau glacée. « Chaque histoire peut se terminer de multiples façons, me suis-je dit, et lorsque vous revenez au monde après une telle perte de conscience, privé du stimulant chimique qui vous a aidé artificiellement à tenir, vous n'arrivez plus à distinguer le réel de l'illusoire, le fossé entre les caprices de l'imagination et la realpolitik du monde tangible.

Comme dans cette proposition, par exemple : le roman est terminé. Parce que le mot "Fin" clignote sur l'écran, et parce que, en jetant un coup d'œil aux trente dernières pages, vous constatez que la cohérence narrative semble s'être maintenue jusqu'au bout, que le récit ne s'achève pas n'importe comment. Certes, il va encore falloir couper, peaufiner, mais, globalement, le livre est fini. OK. Mais comment est-ce possible si je suis tombé dans les pommes ? Le mot "Fin" était-il déjà tapé quand j'ai perdu connaissance ? Ce serait trop facile, trop évident, et en plus… quelle heure est-il ?

Ma montre indique sept heures. Il fait jour, dehors. De même que la dernière fois que j'ai regardé par la fenêtre. Donc il est sept heures du matin, c'est bien ça ? Mais la dernière fois qu'il était sept heures, c'était… quand, exactement ? Combien de temps mon évanouissement a-t-il duré ? Et à quel moment me suis-je effondré ? Je suis incapable de répondre à ces deux questions, évidemment, puisque j'ai perdu la notion du temps depuis… depuis quand ? »

Déverrouillant l'accès à mon bureau-caverne, je suis allé au salon. Pas de changement notable. La même pagaille familière et familiale. Tout comme avant, sauf…

Une paire de jambes derrière le canapé.

« Tu hallucines, voyons ! » Mais non. Ce sont bien deux jambes. Gainées de bas noirs. Ou d'un collant. Je m'approche lentement, je me penche par-dessus le dossier du sofa et…

Louise. Étendue, immobile. D'une immobilité totale. Et des traces noires et bleues tout autour de son cou. Et la douleur dans mes mains qui se ranime soudain…

« Mais non. Louise est partie. Avec les enfants. D'accord, elle a indiqué qu'elle reviendrait prendre quelques affaires mais je ne l'ai pas entendue dans la maison, pas vrai ? Sauf que pendant un long moment je n'ai eu rien d'autre dans mes oreilles que les grondements de Wagner et le vrombissement de ma pulsion créatrice décuplée, centuplée même par la dexedrine. »

J'ai tendu une main pour effleurer le visage de ma femme. Froid et rigide. Comme si la mort l'avait envahie des heures, des jours plus tôt.

Je suis revenu à mon bureau, j'ai refermé la porte, je suis tombé sur ma chaise, tel un automate. J'ai fermé les paupières de toutes mes forces. Un raisonnement se formait tant bien que mal dans mon esprit. « Qui peut dire que tout ça est vrai ? Si ça se trouve, quand je vais ressortir de ma tanière, la vie sera comme avant. Je demanderai pardon à ma femme indignée que j'aie encore passé une nuit à m'escrimer sur un roman qui ne sera jamais publié. Je ferai des grimaces à mes filles et je me délecterai de leurs rires extasiés. Je me rendrai tant bien que mal au campus grâce à un demi-comprimé de dexedrine, pour lire les habituelles élucubrations à visée littéraire d'étudiants inspirés par ce que leurs parents leur font endurer, ou par la première fille qui leur a brisé le cœur, ou encore par “cet été où tout a changé”. Et le soir, je rentrerai à la maison pour y trouver des enfants en larmes, une femme excédée, et je me dirai : “Ainsi va le monde.”

Ou bien je vais rouvrir les yeux, poser la pile du manuscrit devant moi et le lire jusqu'à midi. Là, je vais téléphoner à mon agente à New York, celle à qui j'en ai fait voir de toutes les couleurs, et je vais lui annoncer : “Bon, c'est un premier jet mais je crois que ça peut donner quelque chose de très spécial.” Et après lui avoir expédié le roman tout entier d'un double-clic avec ma souris, je vais aller à la cuisine et déclarer à ma femme que je l'aime, puis j'appelerai le recteur pour lui dire que j'ai été victime d'une grippe carabinée et quémander son pardon, et sourirai en l'entendant m'offrir une seconde chance. Et demain, à sept heures du matin, le téléphone va sonner. Ce sera mon agente. Elle n'aura pas dormi de la nuit.

— Vous savez ce que c'est, votre livre ? demandera-t-elle. Vous savez ce que vous avez fait ? »

Un hululement de sirènes au loin. Elles se rapprochent. Mais je les ignore. Parce que je suis en train de parler à mon agente.

— Dites-moi ce que j'ai fait, lui dis-je d'un ton pressant. Dites-le-moi !

— Quoi, vous ne le voyez pas ? Vous ne savez pas ?

Et moi :

— Non. Je ne sais pas ce que j'ai fait.

L’appel

« Réagis comme toujours quand tu as un souci, me suis-je dit. Examine la situation froidement, avec un œil chirurgical, en te dépouillant de toute émotion. Les faits, rien que les faits. Parce que c’est en eux, et seulement en eux, que tu pourras trouver une voie médiane, un compromis, un moyen de garer tes fesses. OK ? Alors, “factuellement”, ça va se passer comme ça…

Elle m’appellera à dix heures du matin. Tapantes. C’est une estimation solide, fondée sur le temps qu’il va lui falloir pour apprendre ce qu’elle veut savoir. Plusieurs facteurs ont été pris en compte, ici : l’heure à laquelle ce genre d’endroit ouvre chaque jour ; le fait que l’un d’eux se trouve à seulement cinq minutes de son appartement ; en admettant qu’elle arrive là-bas à l’ouverture, neuf heures, elle sera de retour chez elle à neuf quinze ; la vérification elle-même prendra une demi-heure, au plus ; et, telle que je la connais, il lui faudra ensuite un bon quart d’heure pour décider de quelle manière elle m’apprendra la nouvelle. Parce qu’elle a besoin de se forger un “rôle” pour chaque situation, ainsi que j’ai pu le constater. Une quinzaine de minutes pour mettre au point son scénario, ce qui nous donne l’appel à dix heures, CQFD. Trop calculé, trop méthodique, mon raisonnement ? Je plaide coupable. C'est ainsi que je suis. Tout le temps.

Voilà pourquoi le hasard me terrifie. Car il provoque parfois une série d'événements qui conduisent à celui que son appel va déclencher. Je me raconterais des histoires si j'essayais de me convaincre qu'il existe la moindre possibilité de compromis. Si la nouvelle qu'elle va m'annoncer est bien celle que j'attends, il ne me restera plus qu'à me débrouiller avec le "fait" suivant : changement de programme. Ma vie en miettes. »

J'allume une cigarette. Jusqu'à hier soir, c'était un réflexe que j'avais presque réussi à éradiquer. Mais hier soir tout a changé. Je ne l'avais pas sentie depuis des années, la main glacée de la peur posée sur ma nuque. Hier soir, après ce qu'elle m'a dit, je me suis enfui dans la nuit. Littéralement. En courant. Je me suis levé de la table où nous avions pris place, j'ai jeté quelques billets dessus et j'ai foncé. Pendant les cinq heures qui ont suivi, j'ai renié ma récente conversion au culte fascisant de la bonne santé, mon rejet fanatique de tout ce qui est censé contenir des carcinogènes, de l'alcool et des menaces de cholestérol.

Hier soir, j'ai fumé tout un paquet de Marlboro light. Hier soir, dans trois bars, j'ai bu trois martinis, préparés avec trois vodkas de trois marques différentes, tout en méditant sur l'étendue du choix qui s'ouvre désormais devant le consommateur afin de masquer l'incommensurable ennui qui imprègne la plus grande partie de sa vie. Ainsi celui-ci est-il insidieusement amené à se demander, en guise de questionnement existentiel, quel martini sera le plus corsé selon qu'on y aura ajouté de la Grey Goose, de la Stolichnaya ou de la Belvedere. Hier soir, j'ai échoué dans un restaurant – on ne « va » nulle part, après trois martinis ; on y échoue – où j'ai commandé une énorme entrecôte avec des frites bien grasses, une sauce béarnaise bien épaisse et une bouteille de quelque bordeaux bien charpenté, tandis que la partie de mon cerveau qui fonctionnait encore formulait des réflexions sombrement ironiques du style : « Le dernier repas du condamné à mort est toujours copieux. » Hier soir, après m'être traîné dans un autre bar, avoir terminé le paquet de cigarettes et éclusé trois lampées de Macallan, mon malt préféré, j'ai trouvé un taxi pour me rentrer, je me suis battu avec la porte de l'appartement, je me suis extirpé de mon manteau et de mon veston, je suis tombé inconscient sur le canapé dont je n'ai émergé que ce matin, à six heures, quand le bébé s'est mis à pleurer, que ma femme est apparue avec notre fils de six mois dans les bras, et qu'il m'a fallu quelques instants pour déchiffrer son expression, à la fois désapprobatrice et inquiète, alors que je la regardais considérer ma carcasse avachie sur les coussins comme si un clochard s'était introduit dans notre salon pendant la nuit.

Elle m'a observé pendant une bonne minute sans rien dire. Comme je n'arrivais pas à soutenir son regard inquisiteur, j'ai détourné les yeux, ce qu'elle a remarqué sur-le-champ.

— Qu'est-ce que tu cherches à me cacher, exactement ?

— Une gueule de bois.

— Non, ça c'est trop facile à deviner.

— Je me sens juste… confus. C'est tout.

— Et pourquoi te sens-tu confus ?

— Parce que je me suis endormi sur le canapé tout habillé.

Elle a reniflé, et ce n'était pas qu'une manifestation de mépris.

— Combien de cigarettes ?
— Hein ?
— Ne me dis pas que tu n'as pas fumé, s'il te plaît.
— Euh… une dizaine, ai-je menti.
— Je croyais que tu avais arrêté.
— Une petite rechute momentanée.
— Dix cigarettes, ce n'est ni anodin ni momentané. Avec qui tu étais, hier soir ?
— Des clients. Ça, tu le savais.
— Les clients de l'Utah ?
Merde ! Elle n'avait pas oublié cette demi-vérité. Avant de retrouver « l'autre », j'ai en effet passé une heure avec deux multimillionnaires de Salt Lake City, secs comme leur lac Salé, pieux parmi les pieux, qui envisageaient de nous confier la gestion de leurs intérêts dans cette partie du monde.
— Ils sont de l'Utah, ouais, mais…
— Attends que je devine. Ce sont des mormons alcooliques.
— Attention, contradiction dans les termes ! ai-je piteusement tenté de plaisanter sans provoquer l'esquisse d'un sourire chez elle. En fait, ils sont venus avec un avocat de Las Vegas…
— … qui aime bien lever le coude, c'est ça ?
— Voilà…
Elle m'a longuement jaugé du regard, à nouveau.
— Tu mens affreusement mal.
— Tu as raison. Je suis nul, comme menteur. Et c'est pourquoi je ne peux pas te dissimuler le fait que, oui, je me suis murgé hier soir.
— Tant que tu n'as fait que ça…
— Tu sais bien que je ne vais pas me…
— Café ?
— Oh oui. Mais sérieusement, chérie, il faut que

tu me croies. Je me suis soûlé, d'accord, mais à part ça je…

— Arrête pendant que tu en es encore capable, a-t-elle tranché en quittant la pièce.

Elle n'est pas revenue sur le sujet pendant le petit-déjeuner, préférant parler d'une affaire de piéton renversé par un chauffard qu'elle était en train de plaider. Ma femme est une avocate spécialisée dans les accidents. « Ceux qui courent après les ambulances, tu sais », m'avait-elle dit en riant quand nous nous sommes rencontrés, il y a six ans. Dans la profession, elle est connue pour ne jamais lâcher prise avant d'avoir eu la peau de son adversaire. À huit heures et demie, quand la nounou est arrivée, elle nous a trouvés tout harnachés pour nos journées de travail respectives. Après avoir donné un baiser à notre fils unique, nous sommes descendus ensemble. Sur le trottoir, elle a hélé un taxi.

— Je vais directement au tribunal. Tu veux que je te dépose ?

J'ai levé la tête. Le ciel était d'un bleu uniforme, sans un nuage, l'air d'une douceur étonnante. Un jour de mai idéal. Si ce n'est que ce qui m'attendait n'avait rien d'idyllique.

— Je crois que je vais marcher, plutôt.

— Jusqu'à ton bureau ?

Lequel se trouve à une bonne heure de chez nous, à pied.

— Je n'ai rien d'urgent à faire avant le déjeuner. Et on n'a pas tout le temps des matinées aussi belles.

— Tu es préoccupé, toi, a-t-elle constaté d'un ton léger mais définitif.

— Ah bon ?

— C'est l'impression très nette que j'ai, oui.

— Je suis encore un peu patraque d'hier soir, c'est tout.

Un nouveau coup d'œil perçant, la même implacable intensité que lorsqu'elle interroge un témoin de la partie adverse.

— J'espère qu'il n'y a rien d'autre.

Ses lèvres ont effleuré les miennes, elle a sauté dans le taxi et elle a disparu. Tout de suite après, j'ai été pris de violents frissons ; j'ai dû m'adosser à un lampadaire pour reprendre le contrôle de ma respiration et essayer de me rassurer. Rien n'était certain, encore. Ça pouvait encore bien tourner. En même temps, une autre voix surgie des recoins les plus sombres de ma conscience persiflait : « Tu sais très bien ce qui va arriver. »

Au bout de notre rue, il y a un bar qui ouvre très tôt et où on peut acheter des cigarettes. C'est ce que j'ai fait, puis j'ai allumé une Marlboro light, je suis allé m'accouder au comptoir et j'ai commandé un double whisky. Je me suis demandé quand j'avais commandé pour la dernière fois un double whisky avant neuf heures du matin. En fait, ça ne m'était jamais arrivé, mais j'avais besoin d'un remontant. Et de deux, et de trois, chacun accompagné par une nouvelle cibiche. Et trois cafés pour faire descendre la gnôle. Et un paquet de pastilles mentholées, dans le douteux espoir de dissimuler mon haleine alcoolisée. Quand j'ai enfin pris un taxi pour gagner mon bureau, j'avais la tête qui tournait sous le triple effet de la caféine, de la nicotine et d'une bonne dose de scotch à cinquante-cinq degrés.

C'est ma secrétaire qui a été la première à me faire une remarque.

— Monsieur ! Qu'est-ce qui s'est passé ?

— Une mauvaise nuit, c'est tout.

— Non. Je parle de votre chemise, monsieur !

J'ai baissé les yeux. Une tache de whisky maculait ma chemise, surface poisseuse sur laquelle s'étaient prises des cendres de cigarette. J'ai eu un moment de stupéfaction dominé par la question : « Comment j'ai fait ? » et suivi d'un instant d'intense perplexité (« Comment est-il possible que je ne me rappelle pas comment c'est arrivé ? »), le tout conclu par une assertion définitivement moins hésitante : « Oh, et merde ! »

— J'ai dû me renverser quelque chose dessus.

— Oui, c'est certainement ce qui s'est produit, monsieur.

Elle s'est exprimée avec une prudence calculée. À son expression, elle se disait évidemment que quelque chose n'allait pas du tout chez moi, tout en se demandant comment négocier cette situation très inhabituelle. Elle ne m'avait jamais vu que sous un aspect impeccable. Et toujours maître de moi, jusqu'au bout des ongles. Alors que là…

— Il y aurait moyen d'avoir une tasse de café, si ça ne vous dérange pas ?

— Bien entendu, monsieur. Mais vous n'avez pas oublié votre rendez-vous avec M. DuPré, n'est-ce pas ? À dix heures.

— Annulez.

— Annuler ? M. DuPré ?

— Dites-lui que j'ai eu un problème.

— Mais, monsieur, c'est M. DuPré. Il…

— Je sais qui est M. DuPré, merci.

« Et comment : c'est le P-DG d'une boîte qui me verse chaque année des sommes exorbitantes pour que je joue au poker de la haute finance avec l'argent d'autrui. »

— Vous vous rappelez qu'il a écourté un voyage à Francfort spécialement pour vous rencontrer, monsieur.

— Oui, je sais. Dites-lui que je ne peux pas.

Ses yeux, déjà ronds de surprise, sont devenus aussi larges que des soucoupes quand ils ont suivi la main que j'ai plongée dans ma veste pour en retirer une cigarette, que j'ai allumée. Son affolement n'était pas seulement provoqué par la rigidité avec laquelle nous appliquions la réglementation antitabac dans nos locaux, mais aussi par la constatation qu'elle ne m'avait jamais vu fumer, car, si je m'accordais quelques taffes de temps à autre, cela avait toujours été loin de la banque.

— Hmm ! Pardon, monsieur, mais…

— Oui, je sais !

J'ai laissé tomber la cigarette sur la moquette. Ma secrétaire s'est penchée pour la ramasser mais j'ai posé la semelle de ma chaussure dessus.

— Ce n'est pas à vous de faire ça. J'assume chacun de mes actes. Toujours.

Est-ce que je ne parlais pas un peu trop fort, soudain ? « Oh, et merde ! » Mon nouveau credo.

— Vous pourriez me dégoter une bouteille de scotch quelque part ? Un Macallan de quinze ans d'âge, ce serait extra.

— Vous… Vous parlez sérieusement, monsieur ?

— Très sérieusement.

Dans mon bureau, j'ai jeté ma veste par terre, envoyé mes souliers valdinguer au diable et je me suis carré dans mon fauteuil, les pieds sur la table. Tout en aspirant une grosse bouffée de ma énième cigarette, je me suis demandé : « À quel jeu tu es en train de jouer, exactement ? » Et je me suis répondu : « Un jeu qui n'a pas de règles. » Bon Dieu, quel mélo ! « C'est la première fois depuis des années que… j'improvise. Je suis en pleine *terra incognita* et c'est incroyablement bon. »

Le téléphone a sonné. J'ai saisi le combiné à la volée. Ma secrétaire.

— Je viens de parler à l'assistant de M. DuPré, monsieur. Je lui ai dit que vous aviez eu un problème de santé et que vous aviez dû voir un médecin d'urgence ce matin. J'ai prétexté une intoxication alimentaire.

— Rappelez-le et dites-lui la vérité.

— Comment ?

— Dites-lui que j'ai la gueule de bois, que je me sens bizarre, que ma chemise pue le whisky et la clope, que…

— Je pourrais vous en faire apporter une. Il y a un magasin à trois rues d'ici. Si vous voulez bien me donner votre tour de cou et votre…

— Je garde cette chemise ! Et je veux que vous rappeliez DuPré pour lui dire la vérité.

— Je… Je ne ferai pas cela, monsieur.

— Alors c'est moi qui vais le faire.

J'ai coupé la communication, puis appuyé sur la touche de numérotation rapide numéro deux. L'assistant de M. DuPré a décroché à la troisième sonnerie.

— Ah, bonjour, a-t-il soufflé après avoir reconnu ma voix. M. DuPré voulait que vous sachiez qu'il est de tout cœur avec vous. Le mois dernier, il a dîné avec des clients japonais à nous, il a mangé des sushis et…

— Je devine la suite : ce vieux salaud a tout dégobillé sur ces faux derches de bridés.

Silence, puis :

— Qu'avez-vous dit, monsieur ?

— J'ai dit : « Ce vieux salaud a tout dégobillé sur

ces faux derches de bridés. » Ce sont les termes exacts que le vieux saligaud utilise chaque fois qu'il parle des Japonais. Il les hait.

— Je… Monsieur, je suis sidéré que vous…

— Et je vous remercie d'informer le vieux salaud que je ne souffre d'aucune intoxication alimentaire. Dites-lui que je me suis murgé hier soir et que je suis incapable de supporter la vue de qui que ce soit aujourd'hui. (Silence.) Vous m'avez bien entendu ?

— Oui, monsieur, je vous ai parfaitement entendu.

— Très bien. Ah, et je vous souhaite une excellente journée, aussi.

J'ai raccroché, appuyé sur la touche de l'interphone.

— Et alors, ce whisky ?

— C'est que, monsieur, je ne peux pas…

— D'accord, d'accord, je m'en charge !

Après avoir ramassé mon veston, je suis sorti en trombe, j'ai laissé derrière moi ma secrétaire médusée et j'ai dévalé le couloir en direction de l'ascenseur, dans lequel je me suis jeté dès l'ouverture des portes. J'ai failli renverser Murphy, le responsable du service d'analyse des pratiques professionnelles au sein de notre boîte. Comme tous ceux qui passent leur vie à s'imprégner d'arguties juridiques, c'est un casse-bonbons. Depuis la minute où je suis entré dans cette banque, voilà cinq ans, il n'y a eu que de mauvaises vibrations entre nous, l'audace de mes « coups » financiers ne seyant que très peu à ce pinailleur obsessionnel. Je savais que, victime de rétention anale aiguë, il haïssait ma mentalité de gagneur toujours déterminé à contrôler la situation, et moi-même je n'ai toujours eu que du mépris envers cet archétype du rond-de-cuir grisâtre, mais, dans le contexte de la banque, nos véritables sentiments réciproques étaient jusqu'alors restés au niveau du sous-entendu.

— Salut, Murphy, ai-je claironné en me précipitant dans l'ascenseur, sans tenir compte des trois autres personnes qui se trouvaient là, une femme corpulente tenant un gobelet de café dans une main et deux hommes.

J'ai vu son regard de fouine s'arrêter tour à tour sur mon costume froissé, la tache sur ma chemise et la cigarette allumée qui pendait au coin de ma bouche.

— Vous fumez.

— Vous êtes très observateur, Murphy.

— Il est interdit de fumer dans les…

— Je connais le règlement, Murphy. Et vous ?

— Je sais en tout cas qu'il est absolument interdit de fumer dans les…

— Je parle des règles de base de la correction entre êtres humains, Murphy. Comme ce que vous avez fait à Hastings l'an dernier, par exemple.

Son visage a pris une teinte crayeuse, brusquement.

— Je vous demande de bien vouloir éteindre cette cigarette et de…

— Très édifiante, cette histoire, l'ai-je coupé en m'adressant maintenant à nos trois compagnons d'ascenseur. Hastings… l'ancien chef de son service, sa femme bien-aimée avait le cancer. Elle était en train d'en mourir, alors il était un brin soucieux, évidemment, et ses performances au bureau s'en sont ressenties. Qu'a fait M. Murphy ici présent ?… Ne vous laissez pas abuser par sa face de niais, parce que, quand il s'agit de grimper les échelons, il peut être féroce, ce type ! Eh bien, il s'est débrouillé pour que Hastings commette une grosse bourde sur un mégacontrat, et…

— Vous avez perdu la raison ? s'est-il exclamé, les yeux écarquillés d'horreur.

— Non, je l'ai plus que jamais, au point que la Terre me paraît plate, à cet instant. Mais vous m'avez interrompu, et comme il nous reste peu de temps avant de parvenir au rez-de-chaussée, je…

— Cet homme délire ! a lancé Murphy d'une voix oppressée à l'adresse de nos trois spectateurs.

— Ce mec-là a veillé à ce que son supérieur merdoie sur un contrat avec un géant des télécoms, ce qui a coûté son job au gus. Et ça, à peine un mois et demi avant que sa femme ne…

Murphy a bondi en avant pour me saisir par les revers de ma veste.

— Vous ne passerez pas un jour de plus dans cette société, a-t-il grincé.

— Vous voyez le genre du bonhomme ? ai-je demandé aux autres. Dès qu'on le contrarie, il ne se maîtrise plus !

Il s'est mis à me secouer.

— Vous allez fermer votre sale g…

Le coup est parti tout seul. Pas un direct comme dans les films mais une baffe sonore sur sa joue, avec tous les doigts. Il a titubé en arrière et télescopé la femme corpulente, renversant son gobelet de café. Il a reçu le liquide brûlant sur le visage, ce qui lui a arraché un hurlement.

— Ça va ? me suis-je enquis auprès de la grosse.

Elle m'a dévisagé avec un effroi silencieux, comme si j'étais l'un de ces dingues qui aiment faire irruption dans un McDonald's avec une kalachnikov chargée et annoncer à la clientèle et au personnel effarés : « Je finis ce Big Mac et je vous emmène tous avec moi. »

— Désolé pour le café, ai-je ajouté afin de la rassurer, mais croyez-moi, il l'a bien mérité, cet enculé.

— Vous êtes fini, a murmuré Murphy entre ses dents. Vous êtes mort.

Je lui ai adressé un grand sourire. Comment pouvais-je mourir alors que je venais de me libérer de toutes les contraintes, de toutes les entraves et de toutes les convenances qui me retenaient prisonnier ? L'ascenseur a ralenti de plus en plus. Je savais qu'il y avait un type de la sécurité à la réception. Murphy allait-il l'alerter par ses beuglements ? Non, ce n'était pas son genre. Trop franc, trop public. Il allait plutôt remonter à son étage, vérifier que sa tronche n'était pas trop amochée – la brûlure était superficielle, à mon avis –, et appeler Watson, le sinistre directeur de la sécurité. Et ensuite ?

Les portes se sont ouvertes. « Ç'a été un plaisir de descendre avec vous », ai-je déclaré au quatuor pétrifié. Et je suis sorti d'un pas vif, pas trop précipité toutefois pour ne pas attirer l'attention de l'agent de sécurité. Je m'attendais à ce qu'il m'interpelle, mais je me suis retrouvé sur le trottoir libre et livré à moi-même. Et je me suis dit : « Très bien, continue à ne faire que ce qui te chante ! »

J'ai traversé la rue et je suis entré dans une boutique destinée à des clients de sexe masculin à haut pouvoir d'achat. Sur les rayonnages en bois blond s'alignait une vaste collection de whiskys et de cognacs. Plus loin, un box en verre climatisé recelait d'innombrables cigares. Deux grands présentoirs vitrés proposaient un bric-à-brac de ruineuses futilités, portefeuilles en crocodile, stylos plume en forme de bâton de chaise, coupe-cigares en argent massif, et autres bricoles qui permettent aux salariés surpayés de se sentir encore plus importants et dont le prix exorbitant est précisément destiné à leur faire oublier que, malgré l'excitation du « deal » et la frénésie boursière, ils ne sont guère plus que de petits commerçants qui se la jouent. Et c'est cette vérité nichée dans le coin le plus secret de notre cerveau qui nous amène à redouter sans cesse que le succès soit aussi mince et fragile qu'une hostie de première communion, et que le temps d'en jouir soit compté.

Je sais de quoi je parle : mes tiroirs sont remplis de ces extravagantes babioles, tandis que la montre à mon poignet est une Cartier Roadster, le stylo dans ma poche un Dupont, mon portefeuille un Asprey, mon costume – qui n'avait pas échappé aux éclaboussures de café dans l'ascenseur – un Ralph Lauren, mes chaussures… C'est dans les magasins que l'on se forge sa personnalité, de nos jours.

— Bonjour, monsieur, m'a salué prudemment le dandy qui, derrière son comptoir, avait jaugé d'un seul coup d'œil ma dégaine plutôt débraillée.

— Le whisky le plus cher que vous ayez, c'est quoi ?

— Blend ou single malt ?

— Single malt, évidemment.

— Eh bien, nous avons un Bowmore 1953, un malt extrêmement rare : quatre cents bouteilles tirées d'un seul fût. Un excellent investissement, aussi. Mille soixante-quinze le flacon.

— Eh, je suis pas le prince Charlie de Riyad, moi !

— Vous avez demandé ce que nous avions de plus cher… Et ce n'est pas donné, d'accord, mais si vous la gardez quatre ou cinq ans, c'est une bouteille qui atteindra facilement les…

— Non, je veux la boire aujourd'hui. Tout de suite, en fait.

Il a eu un petit sourire aucunement amusé.

— Très bien, monsieur. Je peux vous poser une question ?

— Je vous en prie.

— Quelle est votre année de naissance ?

— 1965.

— Parfait. Vous aimez le Macallan ?

— Beaucoup.

— Voilà, j'ai un Macallan de quarante ans d'âge. Sublime. Le nez est marqué par le sherry, comme toujours, mais s'y ajoute une finale de chêne épicé, avec des notes en bouche où se mêlent la…

— Combien ?

— Cent cinquante-cinq.

— Je prends.

— Très bien, monsieur. Vous désirez un paquet-cadeau ? Le boîtier d'exposition, très élégant, est compris.

— Un sac en papier, ça ira.

Encore ce sourire.

— Comme vous voudrez, monsieur.

Deux minutes plus tard, j'avais repris ma route, la bouteille dissimulée dans son emballage en kraft. Je me suis arrêté pour ouvrir la bague de protection avec les ongles et retirer le bouchon. Tête en arrière, j'ai avalé une bonne lampée. « Nez marqué par le sherry ? Finale de chêne épicé ? Si tu le dis, mec… Mais c'est quoi, le chêne épicé ? » Encore deux rasades, au cours desquelles toute réaction gustative a été neutralisée par l'effet anesthésiant de l'alcool sur mes papilles, et qui m'ont attiré les regards scandalisés de certains de mes semblables en costard-cravate qui passaient par là. L'un d'eux, le genre fayot avec ses lunettes à épaisse monture en écaille et son imper amidonné, s'est même immobilisé sur le trottoir.

— Je t'intéresse ? l'ai-je questionné.

— Euh… désolé.

— Désolé de quoi ? De ne pas avoir les couilles de faire ce que je suis en train de faire ?

« La caricature du clodo agressif », me suis-je dit, mais je ne pouvais plus m'arrêter. Je ne le voulais pas, d'ailleurs. Désormais, j'étais dans un train devenu fou et je devais m'accrocher pour ne pas en être éjecté. Comme il s'éloignait en hâte, je lui ai crié :

— C'est ça, cours, fuis la réalité ! Va retrouver ton petit boulot minable dans ton petit bureau minable, sans jamais avoir connu le plaisir de déconner quand ça te…

Une tape sur mon épaule a interrompu ma tirade. J'ai pivoté sur mes talons. Un flic. Grand, costaud, une bouille de terrier, l'air pas commode.

— Il existe une loi contre l'ivresse sur la voie publique, dans ce pays. Et vous êtes en train de l'enfreindre.

— C'est un fait avéré ?

— Vous voulez jouer au plus malin avec moi ?

— Absolument.

Il m'a saisi par le bras.

— Mettez vos mains dans le dos, monsieur.

— Allons, ce n'est pas sérieux !

— Très sérieux, monsieur, au contraire. Vous êtes en état d'arrestation pour ivresse et tapage sur la voie publique.

— « Tapage » ? J'ai seulement échangé quelques idées avec un…

— Les mains dans le dos, monsieur.

Je me suis dégagé et je suis parti en courant. Comme un dératé. Derrière moi, le flic m'a crié de m'arrêter en citant les cinq ou six articles du code pénal que j'étais en train de bafouer, mais ses menaces se sont perdues dans le brouillard qui avait envahi mon cerveau. Le faible reliquat de logique qui me restait tentait de le dissiper par une réflexion étonnamment flegmatique : allait-il essayer d'empêcher ma fuite en faisant usage de son arme à feu ?

Après m'être jeté dans un passage étroit entre deux immeubles de bureaux, je me suis retourné pour voir s'il m'avait poursuivi, puis j'ai continué à courir, dévalant plusieurs ruelles avant de déboucher sur une avenue. Mes vêtements et mes cheveux étaient trempés de sueur, mes pieds irrités par ce jogging forcé dans des chaussures de ville. Aucun signe du flic, cependant. À moins qu'il n'ait appelé du renfort et qu'une voiture ne soit en train de patrouiller dans les environs à ma recherche… J'ai baissé les yeux sur ma main gauche. La bouteille était toujours là, oui. Je ne l'avais pas lâchée, heureusement. J'ai pris une longue gorgée de whisky, ce qui m'a soulagé mais n'a pas du tout calmé la soif qui me tenaillait.

« Ne reste pas dehors ! » J'ai observé les alentours à la recherche d'un abri temporaire et qui n'attirerait pas l'attention d'éventuels poursuivants. Sur l'autre trottoir, il y avait une laverie automatique chinoise, un traiteur coréen, une boutique de savons de marque, une agence de voyages… « Oui ! »

C'était un local aux dimensions modestes, avec un seul bureau et des affiches qui vantaient des destinations presque exotiques ou les sièges-couchettes de premières classes aériennes. L'employée, une femme d'une cinquantaine d'années vêtue sans goût, paraissait surmenée, mais elle s'est montrée amicale. Et directe :

— Je suis contente de ne pas avoir la même journée

que vous, a-t-elle déclaré quand je me suis effondré sur la chaise placée devant son bureau.

— C'est la première remarque honnête que j'entends depuis ce matin.

— Si vous me permettez, monsieur, je dois dire que vous avez l'air un peu secoué.

— Je le suis.

— Vous voudriez de l'aspirine ? Un verre d'eau ?

— Non, je veux un billet d'avion pour n'importe où, du moment que c'est très loin d'ici.

— Qu'est-ce que vous entendez par « très loin » ?

— C'est vous qui êtes dans les voyages. Dites-le-moi, vous.

Elle a baissé les yeux sur le sac en papier que je tenais à la main. J'ai facilement deviné quelle conclusion elle venait de tirer : « Cet abruti a déjà taquiné la bouteille. »

— Si vous aviez une petite idée d'où vous aimeriez aller, monsieur, ce serait plus facile.

— Au bout du monde. Oui, je sais, ça paraît très mélodramatique mais je…

— Vous avez un passeport valide ?

— Oui.

Je l'avais glissé dans la poche de ma veste avant de quitter la maison, sur une impulsion que je n'avais pas voulu analyser sur le moment. Il ne faut jamais sous-estimer l'inconscient quand il a décidé de vous conduire sur les chemins les plus inattendus.

— Et vous voudriez partir quand ?

— Dès que possible.

— Ce soir ?

— Avant.

Tout en tapotant sur son clavier d'ordinateur, elle me regardait discrètement, essayant de comprendre pourquoi j'étais échevelé et dépenaillé, se demandant si j'étais en train de fuir quelque chose – ce qui était le cas –, pour quelle raison j'avais décidé de quitter le pays au plus vite. Mais je sentais aussi que son pragmatisme de commerçante lui disait : « La vie privée de ce drôle de type ne te concerne pas. Ton boulot, c'est de lui trouver un avion. »

— Bien. En ce qui concerne « le bout du monde », nous avons plusieurs possibilités. L'Afrique du Sud, par exemple…

— Trop violent.

— Oh, seulement si vous n'avez pas de chance.

— La chance n'a pas été de mon côté, ces derniers temps.

— La Patagonie, alors ?

— Ce n'est pas pratiquement l'hiver, là-bas ?

— D'accord. Alors, l'Australie. Oui, c'est l'hiver aussi, je sais, mais c'est un continent gigantesque ; si vous allez tout en haut, vous avez un climat subtropical, très chaud.

— Vendu. Le prochain vol, c'est quand ?

— Vous en avez un ce soir, à six heures quinze. Une heure de correspondance à Los Angeles, ensuite Sydney, changement d'avion et Darwin direct.

Darwin… En voilà un qui en connaissait un rayon sur la vraie nature de l'homme…

— Réservez-moi une place.

— Je dois vous prévenir que c'est trente-quatre heures de vol, en tout.

— Alors, réservez en business.

— Vous avez une date de retour ?

— Non.

— Hmm… Ça va faire monter le prix.

— Peu importe.

— Et à votre arrivée à Darwin ?

— Je me débrouillerai.

Dix minutes plus tard, je quittais l'agence avec une réservation confirmée en classe affaires. Six mille trois cent vingt dollars : le prix du billet avait flanqué une crise cardiaque à ma carte American Express, certes, mais j'avais encore de la marge… Pour l'instant, en tout cas.

Dehors, j'ai inspecté les environs à la recherche de voitures de police en maraude. Rien. La flicaille avait décidé qu'elle avait mieux à faire que me courir après. J'ai repéré un distributeur automatique à quelques mètres, j'y suis allé et j'ai sorti mon portefeuille. J'en ai retiré mes sept cartes de crédit en me disant que j'avais plus de plastique entre mes doigts que Michael Jackson sous la peau du visage. Une à une, je les ai insérées dans la machine, et j'ai tiré le maximum autorisé pour chacune d'elles. Il ne m'a fallu que cinq minutes, à peine, pour réunir une liasse de billets respectable. « Cinq mille, pas mal. »

Puis j'ai consulté ma montre. Dix heures moins cinq. Elle allait appeler d'une minute à l'autre. Il fallait que je sois dans un endroit tranquille pour lui répondre et lui sortir la réplique qui avait commencé à se former dans ma tête dès le moment où je l'avais quittée, la veille. « Hier soir… »

J'ai repéré un petit parc là-bas, au coin de la rue. J'y suis entré et je me suis laissé tomber sur un banc, aspirant une pleine goulée d'air urbain pollué. « Tout sera terminé d'ici peu. » J'ai pêché une cigarette dans ma poche, je l'ai allumée. Une gorgée de whisky, pour faire bonne mesure. Mon portable s'est mis à sonner. C'était elle.

— Salut.

— Merci de m'avoir laissée en plan comme ça, hier soir.

J'ai tout de suite identifié la tonalité de sa voix : colère rentrée. Je savais qu'elle avait l'intention de me flanquer la trouille.

— Je n'ai pas de temps à gaspiller pour essayer de faire entendre raison à quelqu'un qui s'y refuse obstinément.

— Moi, refuser d'entendre raison alors que je…

— Me menacer comme tu l'as fait, c'est…

— Ce n'était pas des menaces ! Je voulais juste te réveiller, te mettre en face de tes responsabilités.

— En admettant qu'il y ait quoi que ce soit dont j'aie à me sentir responsable. Tu es allée à la pharmacie dès l'ouverture ce matin, je présume.

— Oui. Et j'ai acheté le test.

— Et tu l'as fait ?

— Bien sûr que oui ! Il y a un quart d'heure.

— Et…

— Je vais avoir un enfant. « Notre » enfant.

Je me suis tu quelques secondes, puis :

— Je vais avoir besoin d'une confirmation impartiale.

— Espèce de… Qu'est-ce que…

— Comme je te l'ai dit hier soir, s'il s'avère que tu es enceinte…

— Mais je « suis » enceinte, bon Dieu !

— … et s'il est établi que je suis le père…

— Mais tu « es » le putain de père, espèce de…

— … j'assumerai certaines responsabilités envers toi et cet enfant. Matérielles. Financières. Mais rien de plus.

Le silence, seulement troublé par sa respiration précipitée. J'ai repensé à la manière dont tout avait commencé, à peine deux mois auparavant. La très brillante, très sexy journaliste économique venue m'interviewer à mon bureau sur une opération d'échange de crédits que j'avais créée avec un incontestable succès. Le verre que nous étions allés prendre ensemble, sur ma suggestion. Les flatteries dont elle m'avait bombardé au bar, sa main qui ne cessait de toucher la mienne pendant que nous nous envoyions des gin-martinis, et l'assurance avec laquelle elle avait proposé que nous allions chez elle en taxi. Plus tard, cette nuit-là, son allusion à une histoire avec un homme marié qui avait mal tourné – « Il a estimé que j'étais un peu trop folle de lui »... Bon sang, pourquoi n'avais-je pas reniflé le danger dès ce moment ? Je lui avais expliqué que si je ne dédaignais pas une petite aventure de temps à autre, je n'avais aucune intention de divorcer. Elle avait paru accepter cette idée, au début, mais, les semaines passant, elle n'avait plus voulu se satisfaire de nos ébats clandestins du mardi et du jeudi, jusqu'à sa soudaine explosion quinze jours plus tôt, quand elle m'avait traité de lâche, de manipulateur, d'ordure, alors que nous étions en train de nous déshabiller. Sa disparition théâtrale dans la salle de bains, avant de revenir dix minutes après, l'image même du calme et du repentir, et de se lancer dans une frénétique partie de jambes en l'air avec moi. Comment, en plein feu de l'action, j'avais été étonné de ne pas sentir l'habituel effet de trampoline produit par son diaphragme. Son coup de téléphone au bureau quelques jours plus tard, au cours duquel je lui avais annoncé que cette liaison n'avait pas d'avenir, provoquant une nouvelle salve d'insultes et la sombre promesse que je ne m'en tirerais pas si facilement. Et celui de la veille, quand elle m'avait informé qu'elle devait absolument me voir et que je n'avais pas intérêt à m'esquiver, si je ne voulais pas qu'elle ait une petite conversation avec ma femme… Et hier soir, enfin. Je m'étais à peine assis dans ce café qu'elle m'a annoncé qu'elle était enceinte. À cette minute précise, j'ai compris que j'étais piégé, coincé, fini… et que je m'étais fourré dans ce pétrin tout seul.

— Eh bien, ça ne suffira pas, reprend-elle d'une voix tremblante. Je veux… Je veux vivre avec toi et notre enfant.

— Ça n'arrivera pas.

— Dans ce cas, je vais appeler ta femme.

— Fais-le, si tu veux, mais ça ne changera rien.

— On verra bien.

Et elle coupe la communication. Je tremble en sortant mon paquet de clopes et mon briquet de ma poche. Encore une rasade de whisky. Je regarde ma montre. « Dès que j'aurai retrouvé mon calme, je me lèverai, j'arrêterai un taxi, je traverserai la ville pour aller dans une grande surface d'articles de sport et d'équipement de camping. Là, je m'achèterai un sac à dos, une tenue appropriée au trekking dans la cambrousse australienne. Je me changerai dans une cabine, je dirai au vendeur qu'il peut garder mon costume – il m'a coûté mille et quelques, tout de même –, j'appellerai une compagnie de taxis pour me faire conduire à l'aéroport et… »

Je suis paralysé. La peur m'atteint de plein fouet. La pétoche, dans toute son horreur. Et des questions comme : « Et ensuite, je fais quoi ? Je disparais pour de bon ? Je ne vois plus jamais ni ma femme ni mon fils ? Est-ce que je n'ai pas déjà fichu ma famille en l'air, tout comme je viens de mettre ma carrière professionnelle au rebut ? N'est-ce pas incroyable, et même tordant, comment on peut détruire en quelques coups mal joués tout ce qu'on a patiemment construit ? »

Mais le plus tordant, encore, c'est d'admettre que tout ce qui m'arrive, je l'ai voulu.

Mon portable se remet à vibrer. Je consulte l'écran. Ma chère et tendre épouse. Une longue goulée de whisky. J'appuie sur la touche verte.

— Une fille vient de m'appeler…, commence-t-elle en contrôlant sa voix autant que possible – elle est très, très fâchée.

Je reste silencieux.

— … elle m'a dit qu'elle allait avoir un enfant de toi. C'est vrai ?

— Je crains que oui.

— Tu… Je ne peux pas le croire !

— Je ne voulais pas.

— Mais tu l'as quand même sautée.

Comme je ne réagis pas, elle continue, d'un ton contenu mais les dents serrées :

— Juste avant que ta… maîtresse téléphone, j'ai été dérangée par ta secrétaire. Elle te cherche. Elle était dans tous ses états. Il paraît que tu as tenu des propos insultants sur M. DuPré à son assistant et que tu as agressé un collègue dans l'ascenseur. Et quelqu'un t'a vu fuir la police dans la rue. Tout ça est vrai, aussi ?

— Oui.

— Tu daignerais m'expliquer pourquoi tu as fait toutes ces choses ?

— Je ne sais pas. C'est pas mon jour, faut croire.

— Tu bousilles tout et tu trouves ça drôle ? Mais qui es-tu vraiment ? Avec qui ai-je passé six ans de ma vie ?

Sur ce, elle raccroche. « Comment pourrais-je lui expliquer ? J'ai voulu concrétiser ce rêve bizarre que caressent tous les hommes mais qu'ils n'osent presque jamais mettre en pratique : se libérer. Rejeter tous les carcans, les responsabilités, les compromis mesquins.

Dire aux autres ce que l'on pense d'eux depuis toujours, gifler le collègue tête à claques, faire un pied de nez à l'autorité et, pour terminer, s'enfuir aux antipodes, au propre comme au figuré.

Telles étaient mes raisons, tels ont été mes actes. Et c'est l'attente d'un appel téléphonique qui a déclenché tout ça. Je savais que ce moment allait bouleverser ma vie, j'ai décidé de… Oh, arrête ! Tu n'as rien décidé ! Tu as agi, c'est tout. Pour la première fois dans ta fichue existence, tu n'as pas calculé, pas planifié, pas évalué les conséquences de ceci ou de cela. Et ce qui est fait est fait… Lève-toi. Trouve-toi un tacot. Va dans ce magasin de sport. Achète ton attirail, abandonne ton costard, va à l'aéroport, prends un nouveau départ. »

Je ne peux pas. Je suis cloué à ce banc. Je voudrais m'en aller, mais la tête me tourne et mon estomac se tord de douleur.

« Limite les dégâts… Appelle M. DuPré… Invoque la folie passagère… une réaction physiologique à des calmants inoffensifs combinés à la gnôle… Rajoutes-en dans la contrition, il va adorer, il sait que tu es le meilleur chasseur de thunes de tout le service… Fais de la lèche à Murphy… Et après, va te jeter à genoux aux pieds de ta femme et supplie-la de… »

Trop tard. La guerre est finie, il n'y a plus rien à détruire. Et tu ne peux rien reconstruire. Dévastation totale. Accepte ce dénouement, parce que c'est ce que tu voulais. Depuis toujours.

S'engage alors un débat en moi :

« Oui, mais maintenant que je l'ai…

— Ne me dis pas que tu souffres du syndrome du condamné à perpète.

— C'est quoi, ça ?

— Un type emprisonné à vie rêve sans arrêt de la liberté. Par un caprice du hasard et de la justice, il y a un nouveau procès et, brusquement, on lui annonce qu'il est libre. Mais il ne peut plus sortir : il a trop peur de ce qu'il y a dehors.

— C'est une idée effrayante, la liberté.

— Tu as obtenu la tienne. Sers-t'en, maintenant.

— Je n'y arrive pas.

— Sais-tu seulement combien de gens rêvent de posséder ce que tu viens de te procurer ?

— Rêver de quelque chose et l'obtenir, ce n'est pas pareil.

— Ce n'est pas le moment de regretter.

— Si, justement !

— Tu es impossible.

— Je sais.

— Trouve-toi un tacot. Tout de suite ! »

Je vide le fond de la bouteille. Quand je me lève, mes jambes flageolent un peu mais je me force à marcher. Je sors du parc. Sur le trottoir, vacillant, je hèle un taxi. Il s'arrête. Je monte derrière.

— Où vous allez ?

— Figurez-vous que c'est une question que je me suis posée toute ma vie.

« Et aussi : est-ce que ça se passe toujours comme ça ? Vouloir ce que l'on n'a pas, avoir ce que l'on ne veut pas. Penser qu'il existe une autre vie, “là-bas”, et redouter de perdre celle qui est ici. Ne jamais être sûr de ce que l'on poursuit… »

— Vous m'avez pas entendu ? insiste le chauffeur. Où vous allez ?

— Je ne sais pas. Vous avez une idée, vous ?

Un dîner hors du commun

Quelques heures avant que je n'attrape mon avion pour Paris, ma femme m'a annoncé : « Si tu ne te décides pas rapidement à prendre le temps de m'écouter, notre mariage est fichu. »

Je me suis dit qu'elle avait certainement préparé cette phrase avec son psy. Et c'est avec la même certitude que j'ai senti que ma longue ambivalence – qui aura duré huit années de vie commune rythmée par les disputes – venait soudain de se transformer en un fatalisme assumé : « Advienne que pourra, ai-je pensé. Je m'arrangerai avec le résultat, quel qu'il soit. »

Un an plus tôt seulement, une telle indifférence aurait été taboue, pour moi. Quand elle avait à nouveau brandi la menace du divorce au cours d'une *Totentanz* conjugale interminable, j'avais plaidé la ténacité, mentionné les habituelles raisons que l'on avance pour ne pas jeter son ménage aux orties : les enfants en bas âge, les bons moments passés, le fait que chaque couple connaît une crise un jour ou l'autre…

Mais là, maintenant… c'était le désengagement complet, un désintérêt produit par la conviction que ses menaces n'étaient rien de plus que cela, justement, une tentative d'intimidation, une manière de vérifier jusqu'à quelle distance du gouffre elle pouvait nous entraîner et un moyen d'exprimer toute sa rancœur face à une vie qui la cantonnait à son rôle de mère et de femme au foyer.

— Trouve-toi un travail, lui avais-je souvent suggéré.

— Je n'ai aucun des diplômes qu'il faut, rétorquait-elle immanquablement avant de repousser toute autre tentative de discussion sur ce sujet.

Mais son ressentiment ne se nourrissait pas seulement du cul-de-sac dans lequel elle s'était elle-même fourvoyée ; il était constamment alimenté par mes voyages mensuels à Paris.

Mon métier est de concevoir des programmes informatiques innovants et bon marché pour des petites entreprises. Je travaille en indépendant. J'ai un modeste bureau pas loin de Kendall Square à Cambridge, dans le Massachusetts. J'ai un assistant qui tient les livres de comptes, s'occupe de mon agenda, des contrats et autres tracasseries, mais c'est moi qui vais démarcher les clients et qui me creuse la cervelle. C'est moi, également, qui me ronge les sangs en pensant que l'exercice de l'an dernier s'est conclu sur deux cent mille dollars de revenus bruts, ce qui, une fois déduits les frais généraux, les déplacements professionnels et le salaire de mon assistant, a juste permis de couvrir les dépenses de notre maisonnée. Ce budget très serré est une considérable source d'animosité entre ma femme et moi, d'ailleurs. « Une vie où on ne peut jamais se permettre la moindre petite folie ne vaut pas la peine d'être vécue », m'a-t-elle assené un jour. Ce à quoi j'ai répliqué : « Ramène un salaire et on sera plus à l'aise. » Et elle de contrer : « Même si je trouvais un travail, il suffirait à peine à payer la garderie ! En revanche, si tu réussissais mieux dans le tien, on n'aurait pas besoin d'avoir cette conversation… »

Ce dernier commentaire n'a fait qu'aiguiser la déception qu'elle m'inspirait. Mais il m'a tracassé, aussi, et m'a poussé à chercher de nouveaux clients. Et la chance m'a souri : Fred, un ancien copain de fac parti travailler à Paris, avait un ami à la First Bank de Boston pour lequel j'avais conçu une partie de leur nouveau système de tableur informatique. Employé par une boîte d'innovation technologique installée à la périphérie de la capitale française, Fred m'a informé qu'ils avaient l'intention de changer leur… Mais je vais peut-être vous épargner les détails peu passionnants de ce projet. Ce que j'aime, dans ce boulot, c'est le défi intellectuel qu'il représente. Lequel vient compenser le caractère extrêmement prosaïque des systèmes en question. En fin de compte, on peut difficilement trouver quoi que ce soit d'excitant dans une base de données bancaires…

Toujours est-il que Fred m'a proposé de développer ce système avec eux, une offre d'autant plus alléchante qu'elle comprenait, en guise de cerise sur le gâteau, une semaine de travail dans leurs locaux parisiens chaque mois. Je savais très bien qu'il n'était pas indispensable que je franchisse aussi souvent l'Atlantique mais la compagnie de Fred traversait une période de vaches grasses et lui-même, sortant tout juste d'un divorcc pénible, se sentait seul et, m'avait-il avoué, en manque de visages amis. Dès que je lui ai laissé entendre que mon mariage prenait de plus en plus la tournure d'une descente de torrent en kayak, il a affirmé qu'une escapade professionnelle tous les mois me ferait le plus grand bien. « On pourra se donner un peu de bon temps, tu découvriras Paris, et on noiera nos soucis respectifs dans du pinard correct. »

Si les honoraires qu'il m'a offerts étaient tout à fait satisfaisants, Fred s'est révélé être un négociateur peu commode quand il s'est agi de se mettre d'accord sur les notes de frais : voyages en classe éco, hôtel deux étoiles tristounet près de son bureau, cinquante euros par jour pour les repas et les déplacements en ville. J'ai tout de même accepté, car comment bouder l'occasion de passer une semaine à Paris chaque mois ? Même si j'allais travailler à Neuilly, je ne serais qu'à un quart d'heure de métro des zones plus vivantes de la Ville lumière.

Comme Fred bossait au moins quinze heures par jour, j'ai vite compris que je n'allais pas passer autant de temps libre avec lui que je m'y étais attendu, ce qui m'a permis d'entreprendre l'exploration d'une ville inconnue, de jouer les flâneurs et de me perdre dans ces arcanes urbains. Pour la première fois depuis que j'étais marié, je n'avais pas à rendre de comptes au sujet de mes sorties nocturnes, ni à revenir tôt à la maison pour les enfants, ni à m'exposer aux foudres conjugales si le travail me retenait au bureau. J'étais libre comme l'air et, mieux encore, je ne me sentais pas du tout coupable de l'être. Ce qui, pour le rejeton d'Irlandais de Boston que j'étais, imprégné de la culpabilité janséniste inhérente à leurs convictions religieuses, constituait rien de moins qu'une révélation.

Cela explique pourquoi la petite aventure que j'avais entamée lors de mon dernier séjour ne m'accablait pas de remords. Elle s'appelait Julia. Fille d'immigrés argentins, elle était née et avait grandi à Lyon. Développeuse de sites Web, elle avait à peine la trentaine, venait de mettre fin à une liaison sentimentale de longue durée, était raffinée, discrète, d'une ironie parfois cinglante, et son anglais était excellent. Nous nous étions rencontrés dans le bureau de Fred, pour lequel elle sous-traitait un autre projet. Pendant que nous bavardions, j'avais noté qu'elle m'observait avec attention, et j'avais saisi dans ses yeux une nuance de flirt que j'avais d'abord mise sur le compte de ma vanité, me disant que c'était une simple coquetterie de sa part. Mais comme elle m'avait tendu sa carte de visite après avoir pris le soin d'ajouter son numéro de portable au dos, Fred avait affirmé après son départ : « Faut absolument que tu l'appelles ! »

Étant donné que je repartais le lendemain, je n'avais rien tenté mais j'avais passé les trois semaines suivantes à me reprocher de ne pas l'avoir contactée, un regret qui devenait encore plus tenace dès que la guerre domestique entre ma femme et moi redoublait d'intensité. Finalement, je me suis jeté à l'eau quelques jours avant mon retour à Paris.

— Je suis contente de vous entendre, a-t-elle déclaré.

— Je reviens de votre côté de la mare aux harengs mercredi. On dîne ensemble jeudi soir ?

— D'accord, a-t-elle répondu en français.

Nous nous sommes retrouvés dans un restaurant près de chez elle, dans le Ve arrondissement. Elle était habillée avec goût, comme la première fois. Elle s'est montrée un peu réservée mais la conversation, sans aller jusqu'à devenir intime, s'est établie facilement entre nous. Elle a évoqué son enfance à Lyon, la difficulté de grandir en France avec des émigrés argentins pour parents, la relation de deux années qu'elle avait eue avec un homme et qui venait de s'achever, son travail d'informaticienne. À un moment, elle a fait cette remarque :

— La stimulation intellectuelle qu'on en tire l'emporte sur ce que ces projets ont de barbant, en général, vous ne trouvez pas ?

— C'est tellement juste ! me suis-je exclamé, soudain

emballé d'entendre de sa bouche une réflexion que je m'étais souvent faite.

Et j'ai entrepris de lui dépeindre mes propres doutes et déceptions dans une activité où la créativité était purement cérébrale et où il était rare de tirer la moindre satisfaction du produit achevé. À la fin de la soirée, j'ai senti que le courant passait pour de bon entre nous. J'étais également assez content de n'avoir mentionné que brièvement mon statut de père de famille, en indiquant que ma relation conjugale était « complexe » et que, même si mes enfants me manquaient quand je séjournais à Paris, ces voyages me donnaient « une bouffée d'air frais indispensable dans une situation qui ne fait que se tendre toujours plus ». Nous n'étions pas allés plus loin sur le sujet.

Après le dîner, nous avons marché un peu. Quand nous sommes arrivés devant la porte de son immeuble, j'ai suggéré :

— Je suis là encore pour quelques jours. On se revoit dimanche soir ?

— D'accord.

Elle m'a planté un baiser sur chaque joue et elle a disparu à l'intérieur.

L'attente jusqu'au dimanche a été pénible, en particulier parce qu'elle éveillait tout un fatras de sentiments en moi : excitation, inquiétude (et si elle n'avait pas envie d'aller plus loin ?), culpabilité bien sûr (car s'il m'était déjà arrivé d'envisager une escapade extra-conjugale, l'occasion ne s'était jamais présentée jusque-là) – ainsi que le pur besoin de la revoir au plus vite.

Le jour dit, nous avons eu un autre dîner « convenable », une conversation qui n'est jamais devenue très personnelle mais n'en est pas moins restée toujours plaisante. Et quand je l'ai soudain embrassée alors que nous marchions sur le trottoir après avoir quitté le restaurant, elle ne m'a pas repoussé. Comme elle ne me proposait pas non plus d'aller chez elle, nous avons pris un taxi pour nous rendre à mon petit hôtel de Neuilly. En découvrant ma très modeste chambre, elle m'a lancé un sourire ironique et un commentaire acerbe : « Il tient vraiment à ce que ses collaborateurs n'attrapent pas la grosse tête, Fred ! », mais elle ne s'est pas dégagée quand je l'ai attirée contre moi.

Nous étions l'un et l'autre un peu tendus, au début, un peu maladroits. Cela n'était pas étonnant. Ce qui m'a surpris, en revanche, une fois surmontée notre timidité initiale, c'est l'ardeur qu'elle a manifestée et sa détermination à me faire sentir que j'étais désiré, une sensation que je n'avais pas éprouvé depuis très, très longtemps… Après, elle n'a eu qu'un soupir – « C'était bien… » –, puis elle s'est pelotonnée contre moi et s'est endormie instantanément. Quant à moi, il m'a fallu des heures pour que mon cerveau en tumulte consente à se calmer. J'ai fini par sombrer dans le néant. Quand mon réveil m'a fait sursauter à huit heures, le lendemain, elle était déjà partie.

À mon arrivée au bureau, Fred m'a décoché un sourire en coin – je lui avais dit avant le week-end que j'allais revoir Julia.

— Tu as l'air d'un homme comblé, ce matin, a-t-il observé.

— Ça se voit tant que ça ?

— Comme un nez au milieu d'un visage. Et si j'étais toi, je me débarrasserais de cette béatitude post-coïtale que tu exhales avant de rentrer chez toi mercredi. Mais bon, je suis quand même content pour toi.

— Sauf que cette histoire est impossible.

— Et pourquoi ?

— Parce qu'elle vit ici et moi à Boston, à part une semaine par mois.

— Eh, ne va pas si vite ! Julia me fait l'effet d'être une fille qui a les pieds sur terre, qui aime son indépendance et qui pourrait donc très bien se satisfaire d'un compromis. Comme par exemple quelques nuits ensemble quand tu es ici, et basta.

— Mais si je voulais plus que ça, moi ?

— Ne précipite pas les choses, Jack ! Prends ton temps. Et quoi que tu décides, ne mets pas la pression à cette nana.

J'ai suivi son conseil. Quand j'ai appelé Julia dans l'après-midi, je me suis limité à quelques banalités polies et je l'ai remerciée « pour la délicieuse soirée ». Elle a fait de même, m'invitant à la recontacter lors de mon prochain passage à Paris. Je ne lui ai pas retéléphoné avant mon départ, j'ai résisté à la tentation de lui envoyer des fleurs ou un cadeau. Au lieu de ça, je me suis préparé à mon retour à la vie domestique en me recommandant d'agir comme l'aurait fait Humphrey Bogart, tout en maîtrise de soi et en impassibilité décontractée.

Le problème, c'est que j'ai bu plus que de raison pendant le vol du retour ; j'avais à peine passé la porte d'entrée que j'ai eu une prise de bec avec ma femme. Elle m'a reproché d'être ivre, ce qu'elle a aussitôt interprété comme la preuve que j'étais obligé de me pinter pour supporter le retour au foyer. Ma réplique – « Ton analyse est très juste, c'est un cauchemar de remettre les pieds ici ! » – a déclenché trois semaines de guerre froide au cours desquelles elle ne m'a pratiquement pas adressé la parole, si ce n'est pour envoyer quelques flèches acérées dans le style « Si tu n'es pas satisfait de ta vie ici, tu pourrais aussi bien foutre le camp » ou « Si jamais je découvre qu'il y a une autre femme, je prendrai le plus salaud de tous les salauds d'avocats spécialisés en divorce du Massachusetts et tu te retrouveras en slip ».

J'ai gardé mon calme, cependant, tout en me félicitant intérieurement que nos enfants soient trop jeunes pour être réellement affectés par la tension permanente entre leurs parents. Je me suis borné à compter les jours jusqu'à mon prochain départ pour Paris. Tout en veillant à ne pas harceler Julia par des coups de téléphone, je lui ai envoyé deux ou trois e-mails par semaine dans lesquels je m'efforçais de déployer un humour pince-sans-rire à propos du travail ou d'autres sujets anodins, et que je concluais par une formule manifestant un intérêt réservé : « Je reviens dans quinze jours, j'espère que tu seras dans le coin »... Ses réponses étaient courtes mais toujours enjouées, et ne laissaient jamais entendre qu'elle n'avait pas l'intention de me revoir.

Une semaine avant mon retour, j'ai fini par craquer et je lui ai téléphoné. J'avais les mains moites, littéralement, lorsque j'ai saisi le combiné dans mon bureau et que j'ai composé son numéro.

— Ah, Jack ! (Elle semblait raisonnablement contente de m'entendre.) Tu es à Paris ?

— Non, j'arrive mercredi prochain. On dîne ensemble jeudi soir ?

— Ce serait sympa.

— Tu choisis le restaurant, ai-je proposé.

— D'accord.

Les sept jours suivants ont été éprouvants, surtout à cause de ma femme. Elle paraissait résolue à atteindre un niveau de confrontation conjugale sans précédent en saisissant le moindre prétexte pour commencer une dispute… avant de me sommer de lui expliquer pourquoi « je » cherchais sans cesse la bagarre. Et c'est pendant que je me préparais pour mon prochain départ le mardi après-midi qu'elle m'a lancé l'avertissement rapporté plus haut : « Si tu ne te décides pas rapidement à prendre le temps de m'écouter, notre mariage est fichu. » Dans l'avion, cependant, je n'ai pensé qu'à mes retrouvailles avec Julia.

Dès que je suis arrivé à l'hôtel le lendemain matin, je l'ai appelée.

— Ah, Jack. Tu es là.

— Oui, je suis là. Et j'ai vraiment hâte de te revoir.

— C'est gentil, a-t-elle répondu plutôt froidement, et je me suis maudit d'avoir paru aussi empressé.

— Ça marche toujours, pour demain soir ?

— Mais oui. J'ai réservé une table aux Ambassadeurs, le restaurant du Crillon. Tu connais le Crillon ?

— Eh bien… pas vraiment.

— Place de la Concorde. C'est un endroit très chic, donc il faudrait que…

— Costume-cravate, compris.

— À demain, alors, a-t-elle conclu avant de raccrocher.

Fred a laissé échapper un sifflement admiratif quand, le jeudi matin, je lui ai dit où nous dînerions.

— Vérifie que ta carte de crédit est bien approvisionnée. C'est pas donné, ce truc.

— À ce point ?

— À ce point.

— Bah, je peux me permettre ça, ai-je affirmé en prenant un air dégagé.

— Ah bon ? a-t-il persiflé, car il connaissait mes soucis d'argent.

— C'est mon problème, d'accord ?

— D'accord, cher ami. Évite la crise cardiaque quand tu liras l'addition, c'est tout. Et je te conseille un peu de prudence : une fille qui propose des sorties pareilles pourrait se révéler un brin ruineuse, au bout du compte.

— Elle veut me revoir, Fred ! C'est tout ce qui m'importe.

Sur ce, j'ai entrepris de lui décrire comment ma situation conjugale s'était dégradée, depuis mon dernier voyage.

— Ça n'a pas l'air de te bouleverser outre mesure, a remarqué Fred.

— Ça m'épuise, c'est tout. Et je suis content de pouvoir y échapper. Et « très » content de revoir Julia ce soir.

— Une petite aventure de temps à autre, rien de tel pour se refaire le moral.

— Grand Dieu, Fred ! Tu es devenu un vrai Parisien !

Le soir venu, j'ai choisi ma tenue avec soin : costume bleu foncé, chemise bleu ciel, cravate rayée. En me regardant dans la glace, je me suis dit : « Ta garde-robe est tellement américaine, tellement "cadre pas vraiment dynamique", tellement conventionnelle… Dès que tu auras un peu d'argent, il faudra que tu te dégotes quelque chose d'italien et classe. Et tu pourrais commencer à sonder Fred pour un emploi permanent à Paris… »

Ce serait très dur, de laisser les enfants derrière moi. Et il ne faisait aucun doute que ma femme obtiendrait une pension alimentaire proportionnelle à son désir de vengeance, de sorte que ma situation financière ne s'arrangerait pas, au contraire, mais j'étais sûr que je finirais par m'en sortir. Tout, sauf étouffer dans cet enfer domestique ! Je ne pouvais tout simplement pas continuer à partager mon lit avec quelqu'un qui n'éprouvait que de l'animosité envers moi. Et une fois que j'aurais commencé une nouvelle vie ici, qui sait ? peut-être les soirées avec Julia évolueraient-elles en une relation plus stable, plus suivie…

C'était cette éventualité qui m'avait permis de tenir le coup, au cours des trois dernières semaines. C'était elle qui s'était imposée alors que je passais et repassais le film de notre nuit ensemble, plan par plan, séquence par séquence, et j'en étais venu à me répéter que seule une femme consciente de la profondeur de ses sentiments envers un homme pouvait se montrer aussi passionnée et déchaînée au lit.

En quittant mon triste petit hôtel pour rejoindre la station de métro, j'ai eu encore une idée : « À la fin du dîner, pourquoi ne pas lui proposer de rester et de prendre une chambre ? Au diable la dépense ! Et puis un repas inoubliable dans un restaurant grandiose ne devrait pas être suivi par des ébats érotiques dans un Novotel de banlieue… »

Je suis arrivé au Crillon quelques minutes avant huit heures. Majestueusement planté sur la place de la Concorde, le bâtiment m'a plus qu'impressionné et il en a été de même avec le décor des Ambassadeurs. J'ai contemplé les peintures en trompe l'œil, les plafonds richement décorés, les stucs dorés, les tables immaculées, le personnel tiré à quatre épingles, les moindres détails qui vous donnent l'impression de vous trouver dans le genre de salle où l'ancienne expression « droit du seigneur » acquiert sa pleine signification.

Julia est arrivée avec dix minutes de retard. Pendant que le maître d'hôtel tirait la chaise pour elle, elle m'a posé un baiser sur les deux joues et s'est excusée de m'avoir fait attendre. Je lui ai dit qu'elle était ravissante. « Tu mens avec beaucoup de tact », a-t-elle répliqué.

Un chariot à champagne a été poussé jusqu'à nous. Le sommelier s'est avancé pour nous présenter sa sélection. Julia a choisi une coupe de Taittinger grande réserve. « Ça me va aussi », ai-je annoncé avant de lui confier qu'elle allait devoir me donner un coup de main quand il s'agirait de commander le vin du dîner.

— Dans le coin du Massachusetts où j'ai passé ma jeunesse, il n'y avait que deux types de vin disponibles : le rouge et le blanc, et toujours dans des cartons de quatre litres.

— Alors il va te falloir un cours accéléré, ce soir, a-t-elle plaisanté.

Les menus nous ont été présentés sur un support en cristal placé devant chacun de nous. Je me suis efforcé de ne pas pâlir devant les prix. « Bon, et alors ? me suis-je dit. Quand tu te réveilleras à côté d'elle demain matin, tu ne penseras pas à l'argent que tu auras claqué ! »

Le maître d'hôtel est revenu pour nous demander si nous avions des questions. Nous n'en avions pas, donc nous avons commandé. Le sommelier m'a tendu la carte des vins. Je l'ai feuilletée rapidement.

— J'ai besoin de ton aide, là, ai-je dit à Julia en poussant l'épais cahier vers elle.

Elle s'est mise à l'étudier, hochant la tête d'un air approbateur à plusieurs reprises. Lorsque le sommelier s'est avancé, Julia a échangé avec lui quelques phrases rapides dans leur langue ; elle lui demandait son avis, d'après ce que j'ai compris. Il est passé de mon côté de la table et a rouvert la carte devant moi.

— Madame propose ceci avec les entrées, m'a-t-il expliqué en me montrant du doigt une demi-bouteille de chablis premier cru… et ceci pour les plats, a-t-il continué en désignant un margaux Saint-Exupéry 1999. Est-ce que vous approuvez, monsieur ?

J'ai hoché la tête.

— Très bien, monsieur.

Nous avons terminé nos coupes, dégusté un « amuse-bouche ». La première bouteille a été apportée avec l'entrée, à base de caviar et de langoustine, la même pour nous deux. J'étais en train de raconter à Julia une histoire désopilante – en tout cas qui me paraissait telle, une anecdote qui remontait à la période la plus boutonneuse de mon adolescence, quand Anne Tucker, ma petite amie de seize ans, s'était dégagée alors que nous nous embrassions et s'était exclamée : « Arrête de me baver dessus ! »

— Est-ce que ç'a été ton initiation aux principes fondamentaux de la sexualité ? s'est enquise Julia avec un sourire amusé.

— Je ne me voyais pas du tout en « baveur », pourtant.

— Mon premier petit copain était persuadé que me mordre les tétons m'envoyait droit au nirvana.

— Moi, je n'ai jamais mordu ceux d'Anne Tucker, je le jure.

— Parce que tu étais trop occupé à baver dans son cou ?

— Non, parce qu'elle ne m'a jamais laissé m'en approcher.

Quatre garçons de table exécutaient un ballet autour de nous à chaque service ; nos verres d'eau et de vin étaient constamment remplis sans même que nous ne nous en rendions compte ; assiettes et couverts apparaissaient et disparaissaient avec l'aisance et la rapidité d'un numéro de prestidigitation. Si je n'avais pas été à ce point subjugué par le « moment » – Julia, Paris, ce restaurant, ce vin sublime que j'éclusais juste un peu trop vite, l'effarant appareil de détails qui caractérisait chaque phase du dîner, le subtil parfum de danger de notre aventure sentimentale, l'idée que nous nous retrouverions bientôt au lit dans quelque suite somptueuse de l'hôtel –, j'aurais sans doute pu apprécier la qualité exceptionnelle des mets. Tandis que le margaux continuait à couler à flots et que les ris de veau nous étaient servis, j'ai bombardé Julia de questions sur son enfance à Lyon, sur le Noël « hallucinant » qu'elle venait de passer chez ses parents – « Ils n'ont aucun problème à se disputer devant tout le monde, mais dès qu'on ose leur faire remarquer que ce n'est pas très agréable pour les autres, surtout le jour de Noël, ils serrent les rangs » –, ou sur ses quelques « toquades » pour des hommes depuis que son fiancé avait brusquement décidé d'en épouser une autre.

— Il était américain… – oui, je sais, je ne peux pas résister ! – … correspondant du *Wall Street Journal*. Tout allait très bien, mais quand il a été rappelé à la rédaction à New York, il ne m'a pas proposé de venir avec lui…

Elle s'est tue, a eu une mimique fataliste qui semblait vouloir dire : « C'est la vie. »

— Il ne sait pas ce qu'il a perdu, lui ai-je assuré en posant ma main sur la sienne.

Nos doigts se sont entrelacés. Avec une brévissime caresse, elle a retiré sa main, s'est redressée sur sa chaise.

— Alors, est-ce qu'ils continuent à brûler les livres, à Boston ?

Si j'ai été quelque peu surpris par ce brusque changement de cap dans la conversation, j'ai eu l'intuition que c'était sa manière de me faire comprendre qu'elle ne désirait pas s'attarder sur sa vie sentimentale passée et j'ai donc joué le jeu.

— Comment tu sais ça ?

— Je l'ai lu quelque part.

— Ah… Eh bien, j'ai le plaisir de t'apprendre que les pères la morale qui imposaient leurs principes étriqués sur notre bonne ville il y a encore quarante ans ne sont plus de ce monde.

— Mais Boston n'est pas précisément un endroit d'une folle effervescence.

— Non. C'est une ville très agréable, très modérée, très discrète.

— Comme toi, Jack.

— C'est comme ça que tu me vois ?

— N'y vois pas une critique.

— Je n'ai pas dit que c'en était une.

— Ça me plaît, que tu sois agréable et modéré.

— Et toi, tu me plais, sans adjectifs, ai-je affirmé en glissant à nouveau mes doigts entre les siens.

Le dessert a été servi. Un parfait au café et chocolat, accompagné par un verre de vin de glace québécois qui, au dire du sommelier, s'harmonisait idéalement avec les parfums subtils de l'entremets. Cette dose de concentré de glucides m'a instantanément plongé dans une rare euphorie. Je sirotais mon verre. Julia me souriait. La soirée se déroulait à merveille.

— J'ai une idée, ai-je annoncé une fois que nos assiettes ont été débarrassées.

— Dis-moi.

— Ça n'aurait aucun sens de se coltiner le chemin jusqu'à Neuilly après un dîner pareil, alors je te propose de nous prendre une chambre à la réception. Une nuit au Crillon, ce serait fantastique, tu ne crois pas ?

Son sourire s'est crispé.

— Je rentre chez moi, Jack.

Silence. Il m'a fallu une minute pour encaisser l'information.

— Tu veux dire que… tu préfères qu'on aille à ton appartement ?

— Non. Je veux dire que je vais rentrer chez moi, et seule.

Nouveau silence. Je me suis soudain rendu compte qu'elle observait mon visage avec attention, cherchant à y lire ma réaction, et je me suis donc forcé à prendre un air dégagé même si j'étais en état de choc. Ce que j'ai dit ensuite m'a complètement échappé.

— Je ne comprends pas.

— Il n'y a rien à « comprendre », Jack. Je veux simplement rentrer chez moi seule, ce soir.

— Et tu… tu ne veux plus me revoir ?

Elle a eu un petit rire indulgent.

— Bien sûr que je voudrais te revoir, Jack. Mais pas comme…

Elle n'a pas terminé sa phrase. Je l'ai fait à sa place :

— Pas comme amant ? (Elle a hoché la tête.) Je ne comprends toujours pas.

— Cette nuit que nous avons passée ensemble, il y a quelques semaines… C'était très cool, mais, depuis, j'ai réfléchi à la situation, à… nous, et… (Elle a légèrement haussé les épaules.) Tu es marié. Tu viens à Paris une fois par mois, environ. Ton travail ici sera terminé dans six mois, tout au plus. Conclusion, tout ça n'a pas l'air d'avoir un grand avenir…

— Mais tu connaissais ma situation !

— Il y a plein de femmes qui se contenteraient

d'avoir une « liaison » avec quelqu'un d'aussi gentil que toi. Moi, je veux davantage.

— Mais tu pourrais l'avoir !

— Peut-être. Et peut-être que je ne suis pas assez patiente pour attendre de voir ce que cette situation pourrait donner.

Silence, encore. En baissant les yeux, je me suis aperçu que j'avais trituré ma serviette dans mes mains avec une telle violence, au cours des dernières minutes, qu'elle paraissait avoir subi une tentative de strangulation. Je l'ai posée sur la table. J'ai pensé à tout ce que j'aurais voulu dire, à cet instant, mais le peu d'estime que j'avais conservé pour moi-même m'a poussé à me taire. Alors, j'ai répondu :

— Eh bien, je ne vais pas prétendre que je ne suis pas déçu, parce que je le suis. Et oui, c'est exact, je suis toujours marié, mais c'est une union pratiquement condamnée. Et oui, en effet, je vis aux États-Unis, mais je pensais sérieusement redémarrer ici. Et oui, j'étais… Je suis très épris de toi. Mais…

Énième silence. Elle a avancé sa main par-dessus la table mais au lieu de prendre la mienne elle l'a… tapotée, de la manière dont une mère chercherait à consoler un gosse qui aurait du chagrin – « Allez, allez… » Je l'ai retirée brusquement. Luttant contre la colère qui m'avait envahi d'un coup, j'ai levé l'index en l'air. Trois secondes après, le maître d'hôtel était près de moi.

— L'addition, si vous plaît, ai-je articulé dans mon français très approximatif.

Elle m'a été bientôt présentée. On n'était pas loin du loyer mensuel que je payais pour mon bureau. Sans aucun commentaire, j'ai déposé ma carte bancaire sur le plateau, puis signé le reçu quand on me l'a apporté.

— Ce serait sympa de se revoir, quand tu passeras par Paris, a dit posément Julia.

Je lui ai jeté un regard et soudain j'ai pensé : « Qu'est-ce que j'ai bien pu te trouver, pour commencer ? » Mais il n'était pas question d'achever la soirée sur une note aussi pénible et je me suis donc contenté de marmonner : « Peut-être. »

Devant l'entrée du Crillon, j'ai demandé au portier d'appeler un taxi pour elle.

— Je peux te déposer quelque part ? m'a-t-elle interrogé.

— Non. Je crois que je vais marcher un peu.

Elle m'a embrassé sur les deux joues.

— Encore merci pour ce délicieux dîner, Jack.

Je n'ai pas répondu. Le taxi est arrivé, elle est montée dedans et elle est partie.

Je me suis mis à marcher comme un automate. J'ai traversé la place de la Concorde, franchi la Seine, pris à gauche devant l'Assemblée nationale pour m'engager sur le boulevard Saint-Germain. Mais je ne voyais rien autour de moi, j'avançais dans un brouillard et mon cerveau restait accaparé par deux questions ressassées jusqu'à la nausée : comment a-t-elle pu se conduire de cette façon ? Est-ce qu'il n'y a pas des règles à respecter, dans toute relation ? Par exemple, si vous allez dîner en compagnie de quelqu'un avec qui vous avez couché la dernière fois que vous l'avez vu, il est entendu que votre intention est de passer à nouveau la nuit avec lui. Et si, entre les deux rencontres, vous avez décidé que vous ne coucherez plus avec ce quelqu'un, il est tout aussi entendu que vous préciserez ce « détail » avant de vous rendre au deuxième rendez-vous, ou du moins que vous le ferez comprendre. Mais proposer de dîner dans l'un des plus prestigieux restaurants de Paris…

Je me sentais mal, je me sentais idiot, mais, en même temps, une sorte de stupéfaction m'a envahi à mesure que les questions les plus douloureuses m'assaillaient : « Est-il seulement possible d'imposer nos désirs et nos caprices aux autres ? Ne voyons-nous pas que ce que nous voulons bien voir ? Est-il tout bonnement impossible de comprendre les réactions d'autrui ? »

Est-ce que Julia avait voulu s'amuser à mes dépens, se venger en se jouant de moi ? Me soutirer un repas au coût exorbitant ? Était-ce une manière de régler des comptes, quand bien même je ne voyais pas quels comptes elle aurait eu à régler avec moi ? Avait-elle utilisé le stratagème avec d'autres hommes avant moi ? Avait-elle une peur phobique de s'engager ? Avait-elle été si profondément blessée dans ses sentiments qu'elle ne pouvait pas offrir plus d'une nuit à quiconque ? Ou bien avait-elle résolu à un moment ou un autre du dîner que je n'étais pas fait pour elle ? Peut-être m'étais-je montré trop insistant ? Trop complaisant, trop en demande ?

Il y avait tant de questions… Mais à quoi bon chercher des réponses, quand aucune ne s'impose d'elle-même ? C'était terminé, point final, et la douleur était cuisante. Se faire taper d'un dîner ruineux, c'était de la petite bière à côté de s'entendre dire qu'il n'y avait pas d'avenir avec vous par quelqu'un avec qui on avait commencé à en imaginer un.

Non loin du carrefour du boulevard Saint-Germain et de la rue de Rennes, je me suis arrêté devant une cabine téléphonique et j'ai sorti ma carte de téléphone pour appeler les États-Unis. Tout en composant le numéro, je me suis donné de nouvelles consignes : « Tu vas te secouer et dire à ta femme que tu l'aimes, et que tu es convaincu que vous allez pouvoir surmonter vos difficultés et que… »

Elle a décroché tout de suite.

— Salut, mon cœur.

— Tu as bu, ça s'entend.

— Vraiment ?

— Tu m'appelles de Paris, ivre. Avec qui tu étais ?

— Fred et d'autres types de la boîte.

— Tu voudrais que j'avale ça ? Tu étais avec une fille, n'est-ce pas ? Mais comme elle t'a laissé en plan, tu t'es soûlé et tu as décidé d'appeler « bobonne » à la maison et tu…

— J'ai téléphoné parce que je voulais te dire que tu me manquais.

Elle a eu un petit rire lugubre.

— C'est tordant, Jack. Surtout quand tu viens de passer deux mois à bien me montrer que tu ne voulais plus rien de moi.

— Mais, mon cœur, je…

— Arrête avec tes « mon cœur » ! Je te l'ai dit avant ton départ et je te le répète : si tu ne te décides pas à m'écouter, c'est fini entre nous.

J'ai été le premier surpris par ma réponse, instantanée :

— Peut-être que je n'ai plus envie de t'écouter.

Et j'ai raccroché.

Je suis ressorti de la cabine, j'ai traversé la rue, je me suis assis à une table devant un café qui s'appelait Le Québec. J'ai commandé un whisky. Il y avait une expression française que j'avais entendue, pour signifier que quelque chose vient de trouver une conclusion irrémédiable… Oui. « C'est cuit ». Fin du match, et pas de prolongations…

On m'a apporté mon verre, que j'ai vidé d'un coup. J'ai fermé les yeux. Ils me brûlaient. Dans ma tête a résonné la voix sèche de mon père, un homme impossible, un homme en colère, me parlant sur son lit de mort : « Rappelle-toi, petit, on est seul, toujours seul. »

Je me suis essuyé les yeux. J'ai jeté quelques billets sur la table et j'ai recommencé à marcher sans savoir où j'allais. Pourquoi aurions-nous toujours besoin d'un but, après tout ? À quoi bon cette quête continuelle d'un endroit que l'on se convainc d'appeler « chez-soi », et de quelqu'un qui s'y trouvera pour rendre notre solitude moins insupportable ? Ce soir, pour une fois, j'allais me laisser guider par mes pas. Ce soir, j'allais essayer d'oublier ce que la vie a d'incertain et ce besoin que nous avons de nous sentir trahis par nous-mêmes chaque fois que quelqu'un vient de nous tourner le dos. Quand la nuit céderait la place au jour, quand je devrais retourner aux simagrées des occupations quotidiennes, alors j'aurais peut-être évacué par la marche un peu de cette tristesse. Cela ne signifierait certes pas que je bondirais de joie et d'optimisme, que je me féliciterais des potentialités infinies qu'offre l'existence. Le bonheur, en fin de compte, n'avait jamais été mon truc et ne le serait sans doute jamais.

Simplement… qui sait ? Un jour, je serais peut-être capable de repenser à cette soirée pour ce qu'elle avait été essentiellement : un cours magistral sur l'insondable énigme qu'est la vie, et… un dîner hors du commun.

Et puis ?

Son coup de téléphone m'a étonné : à part un bref message dans lequel elle m'annonçait son mariage il y a plusieurs années, nous n'étions plus en contact. Certes, nous recevions indirectement des nouvelles l'un de l'autre puisque nous avions des amis communs, sans parler du réseau de contacts et d'adresses que partagent les expatriés vivant à Paris, même si nous étions tous deux mariés à des citoyens français. Mais, globalement, nous nous étions perdus de vue. La vie est ainsi faite : des gens entrent dans votre existence, y restent parfois pendant une longue période, puis le contexte change, le scénario du destin apporte des développements inattendus et, brusquement, une part importante de votre expérience disparaît. Jusqu'à ce que le téléphone sonne et que, venue de nulle part, une question toute simple vous soit posée : « On prend un verre ? »

Elle a proposé qu'on se retrouve dans un petit boui-boui du VIe arrondissement, Le Québec, l'un des derniers vestiges d'un Paris qui lui aussi disparaissait peu à peu, un café-tabac basique et fier de l'être, authentique jusque dans son carrelage craquelé, résistant de toute sa simplicité traditionnelle au milieu du déploiement de coûteuse sophistication assuré par les boutiques de marque et les vitrines bourrées de produits de luxe qui sont devenues la raison d'être de l'arrondissement. C'était ici, rive gauche, que j'avais vécu à mon arrivée en France à l'âge de trente-deux ans, correspondant d'un grand hebdomadaire américain. À l'époque, c'était encore le paradis des petits libraires et des salles de cinéma mouchoir de poche, des écrivains tirant le diable par la queue, des récents adeptes de la sémiologie et des cinéphiles capables de discourir des heures durant sur le malaise existentiel dans l'œuvre de Fritz Lang. Le VIe allait être mon chez-moi au cours des dix-sept années suivantes, jusqu'à ce que j'épouse Sylvie, une avocate qui avait hérité de l'immense appartement de ses parents dans le XVIe.

Peu après, le journalisme tel que je l'avais connu a cessé d'exister et ma rédaction a fermé son bureau parisien. C'était il y a dix ans. Du coup, je me suis retrouvé, à cinquante-deux ans, obligé de me réinventer en tant que professeur de journalisme dans une université parisienne, et pigiste régulier pour différentes publications américaines et britanniques. Surtout, j'ai découvert que le mariage tardif qui était le mien me rendait plutôt heureux. Certes, je déplorais en silence de ne pas avoir d'enfants vraiment à moi, même si je m'entendais bien avec le fils et la fille de Sylvie, qu'elle avait eus avec un producteur de cinéma dont elle avait partagé pendant vingt ans la vie – et les vicissitudes, car, à l'instar de nombre de ses collègues, il semblait s'être ingénié à accumuler plus de bides que de succès. Et j'avoue que le jour de mon soixantième anniversaire, il y a deux années de cela, je n'ai pu m'empêcher de me demander pourquoi le temps s'accélérait avec un acharnement aussi féroce, au point que ma dernière rencontre avec Rebecca, dix-huit ans plus tôt, me paraissait avoir eu lieu…

— … hier, a-t-elle lancé en s'asseyant sur la chaise près de la mienne.

Arrivé quelques minutes en avance, j'avais réussi à avoir une table dans le petit alignement sur le trottoir, devant la vitrine du Québec. C'était une matinée d'automne radieuse. L'inévitable queue s'était formée devant le comptoir à tabac, les gens se pressant pour acheter cette substance que l'on accuse de réduire considérablement la durée de vie mais qui, et c'est un fumeur impénitent qui vous parle, la rend bien plus facile à vivre chaque jour.

— Je sais que c'est un cliché, a-t-elle poursuivi, mais j'ai l'impression qu'on s'est vus hier. Alors qu'en réalité c'était il y a… ?

— … dix-huit ans, ai-je complété en allumant une Dunhill.

— Et tu fumes toujours ?

— Je suis le dernier d'une espèce menacée. Aux sens propre et figuré.

— Pourtant, tu n'as pas l'air…

— Quoi ? D'avoir soixante ans et un jour ? Tu connais mon âge.

— Oui, et tu fais beaucoup moins que ça.

— Grâce aux cigarettes, justement ! Remarque, je n'en fume plus que cinq par jour, alors que, tu te rappelles…

— Tu fumais deux paquets quotidiens à l'époque.

— Sylvie m'a récemment emmené de force à l'une de ces salles de torture qu'ils appellent « clubs de sport », et maintenant j'y vais cinq fois par semaine. Je suppose que ça doit contrebalancer toutes ces années d'excès de nicotine.

— Et de scotch. Tu y tenais, à ton whisky…

— J'y tiens toujours.

— Donc, tu devrais être salement abîmé par le temps, pareil qu'une statue grecque, mais tu ne t'en tires pas mal du tout.

— Pas aussi bien que toi.

— Oh, je t'en prie…

— On te donnerait trente-cinq ans.

— Et toi, tu sais que j'en ai dix-huit de plus. Enfin, j'ai au moins réussi à repousser le monstre de la cellulite. Mais il suffit de regarder ma tête…

— Tu es très belle, Rebecca.

Elle m'a dévisagé un instant.

— Pourquoi tu as dit ça ?

— Parce que j'en avais envie.

— Tu le dis à Sylvie, aussi ?

— Tout le temps.

— Et tu es sincère ?

— Absolument. Et je peux te dire la même chose en tant que… qu'ami, si on veut.

— Alors, on est amis ?

— Ma foi, on se connaît assez bien, non ?

— Mais « amis » ? Franchement, Paul… Presque vingt ans !

— Et tu m'as appelé. Je ne m'en plains pas, remarque, je suis venu, mais pourquoi ?

— Il y a des raisons…

Elle s'est interrompue. J'ai fait signe au serveur et nous avons commandé deux cafés.

— Et Sylvie ? a-t-elle repris.

— Son cabinet marche magnifiquement. Elle vient juste de gagner un procès retentissant devant la Cour internationale de justice à La Haye. Elle trouve encore le temps de suivre ses cours de cuisine gastronomique et de faire une heure de piano par jour. Et nous nous aimons toujours.

— C'est merveilleux comme un portrait dans un supplément du dimanche.

— Le bonheur, ça peut arriver.

— Si on est deux à le vouloir.

— Exactement. Et Pierre ? Tout va bien, entre vous ?

— Parfaitement. Il vit dans une partie de l'appartement, moi dans l'autre. Il passe dix jours par mois dans le Golfe, à monter des coups douteux au bénéfice des divers régimes pourris par le pétrole de là-bas. Ça me permet de jouer le rôle de l'historienne d'art qui nage dans le confort, incapable de terminer son deuxième livre. Cette bio de De Kooning que je ne finirai jamais.

— Ne dis pas ça.

— Je suis lucide. Je sais que je suis comme toutes ces filles de bonne famille que je croisais il y a des siècles à Harvard, qui parlaient tous les jours du grand roman qu'elles allaient pondre ou de se transformer en peintres expressionnistes à Paris, mais dont la pension à vie a tué toutes les ambitions. C'est aussi mon histoire, malheureusement. Un mari riche, un environnement luxueux, même si je ne suis pas trop « bling-bling », une vie juste un peu trop facile pour m'empêcher de remettre à demain la décision de m'atteler pour de bon à ce fichu livre sur lequel je prétends travailler depuis au moins dix ans.

— Mais tu as réellement vécu à Paris, toi au moins. Et tu as été publiée. Et tu continues à fréquenter un troquet comme Le Québec.

— Oh, ça fait des années que je n'y étais pas venue !

— Pourquoi l'avoir choisi, alors ?

— Tu sais pourquoi.

Un silence. Je me suis senti mal à l'aise, tendu. Moi qui avais voulu tourner la page…

— Oui, je sais, ai-je concédé. C'est ici que je t'ai demandée en mariage. Et que tu as accepté.

— Je me rappelle même le jour. Le 20 avril 1986. L'anniversaire d'Hitler.

— C'est un détail qui n'était pas au centre de mes pensées quand j'ai fait ma demande.

— Il n'empêche que c'est un 20 avril qu'Adolf a surgi sur Terre. Pas étonnant que nous ayons été maudits.

— « Maudits », vraiment ?

— Ça a mal tourné, non ?

— Tu m'as quitté !

— Parce que ça tournait mal.

— Non. Parce que…

Des centaines d'explications se bousculaient dans ma tête. Tous les vieux reproches revenaient, les anciennes frustrations, les tensions, les mouvements de colère déplacés venus gâcher tant de bons moments. L'intimité partagée. Le sexe, fantastique, en tout cas au début. La grossesse extra-utérine conduisant à une hystérectomie et à un abattement excessif qui, au lieu d'être exprimé et partagé, avait été tellement enfoui que son spectre lancinant avait fini par tout empoisonner. Et puis Pierre, dont Rebecca avait fait la connaissance à une réception à l'ambassade américaine et avec qui elle avait commencé à coucher peu après. Elle avait trente-trois ans alors, elle était incroyablement belle, et Pierre, ainsi qu'elle allait me le déclarer en m'annonçant qu'elle me quittait pour lui, était quelqu'un qui pouvait lui offrir une « voie de sortie » par rapport à son intense chagrin.

Bien que dévasté par sa décision, je ne l'ai pas une seule fois suppliée de rester, ce qui est révélateur :

je m'étais déjà convaincu que tout était fini entre nous. Et j'étais aussi ulcéré qu'elle me jette pour un spéculateur aux dents longues qui se servait de son argent pour obtenir ce qu'il voulait. Mon amour-propre blessé m'empêchait de lui dire ce dont j'étais convaincu : qu'ensemble nous aurions pu sortir de cette mauvaise passe. Et puis la trahison sentimentale est un jeu qui se joue à deux. Même quand vous êtes celui qui est trompé, vous n'êtes pas exempt d'une certaine responsabilité dans l'affaire : il y a toujours du non-dit, une complicité sous-jacente, une part de responsabilité dans ce qui s'est mis à aller de travers.

— Parce que quoi ? a-t-elle insisté. À cause de cette liaison que j'ai eue ? Parce que j'ai laissé un type plein aux as me « tourner la tête » ?

— Est-ce que ça sert à quoi que ce soit de revenir sur tout ça ?

— J'ai toujours su, à propos de cette journaleuse du *Figaro*, Anaïs… comment ? Nin ?

— Anaïs Marchant. Ça n'a duré que quelques mois, comme je te l'ai dit quand tu l'as découvert. Mais je te répète qu'à mon avis ça n'a aucun sens de revenir sur tout ça.

— Note bien que je ne t'en ai pas voulu de sortir avec elle, à ce moment. J'étais devenue tellement renfermée et déprimée après avoir perdu le bébé, d'autant plus qu'on m'avait privée de tout espoir d'être à nouveau enccinte… La morosité personnifiée. Miss Ne-me-touche-plus-je-te-déteste. Tu m'avais donné ce que je désirais le plus, un enfant, et on me l'a arraché du ventre, on m'a…

— S'il te plaît, Rebecca…

Elle avait élevé la voix, attirant l'attention du couple installé à côté de nous qui faisait de son mieux pour ne pas regarder dans notre direction.

— Pardon, pardon, a-t-elle chuchoté.

J'ai vu qu'elle refoulait des larmes.

— Ça va ? lui ai-je demandé.

— Non.

Silence. J'ai commandé un cognac au serveur qui nous apportait les cafés.

— Deux, a-t-elle soufflé, puis, une fois qu'il a été reparti : Je t'oblige à commencer à boire à dix heures et demie un mardi matin…

— Je ne vais pas tourner autour du pot : je ne sais pas ce que nous sommes en train de faire, là, et je trouve ça… dur.

— Tu retournes souvent là-bas ?

« Là-bas ». Le nom de code des États-Unis pour nous autres, expatriés. Ce lieu que nous aimerions tant pouvoir appeler « la maison » et que nous cherchons à maintenir le plus possible à distance.

— Mon père et ma mère sont morts, alors…

— Je l'ignorais.

— Tu le sais, à présent. Compte tenu des énormes bêtises que mon père a commises dans sa vie professionnelle, et du fait que ni l'un ni l'autre n'avait d'assurance-maladie, il a fallu vendre la maison du Michigan quand ma mère l'a suivi dans l'au-delà. J'étais leur seul enfant, tu te rappelles, et donc maintenant je ne vois pas beaucoup de raisons de traverser l'Atlantique. Après tout, ma vie est ici, avec Sylvie, mon poste à l'université…

— Oui, j'ai appris que tu enseignais.

— Comment l'as-tu su ?

— Facile : en demandant de tes nouvelles ici et là. Toi, tu as fait pareil pour moi ?

J'ai soutenu son regard.

— Non, ai-je répondu simplement.

Les cognacs sont arrivés. J'ai bu le mien d'un

trait. Lâchant un billet de vingt euros sur la table, j'ai annoncé :

— Je vais devoir y aller.

Elle m'a attrapé par le poignet.

— J'ai toujours regretté…

— Je ne veux pas savoir.

— Tu ne regrettes pas, toi ?

— Vivre, c'est regretter. Mais si les regrets sont remplacés par…

— Attends que je devine, m'a-t-elle coupé. Par un autre amour ? Par le « grand » amour ? Par quelqu'un qui te comprend enfin ? Quelqu'un qui t'adore vraiment, complètement – et envers qui tu éprouves les mêmes choses ?

— Eh bien… c'est ce que nous voulons tous, non ?

— Et tu l'as trouvé, toi, le bonheur. On a eu ça aussi, toi et moi. Un temps.

— C'est vrai.

Silence. Elle gardait sa main sur mon bras.

— J'ai un cours dans une heure, ai-je menti.

— Et moi, j'ai un lymphome stade 4.

Je l'ai regardée longuement, le souffle coupé.

— Tu parles sérieusement ? ai-je murmuré.

— Très sérieusement. Et tu n'ignores pas ce qu'on dit : il n'y a pas de stade 5.

— Depuis quand tu…

— Quoi ? Depuis quand je le sais ? Avant-hier. Le toubib n'y est pas allé par quatre chemins : « Nous n'avons guère plus que des palliatifs à vous offrir, madame. Vous avez trois mois devant vous, peut-être plus. Un an, avec de la chance. » Textuellement. « Avec de la chance. »

— Est-ce que… Pierre est au courant ?

— Évidemment, puisque je me bats avec ce truc depuis deux ans, et qu'il a dépensé une petite fortune pour m'entourer des meilleurs spécialistes, de Zurich à New York, au Sloan-Kettering, en passant par l'Hôpital américain ici. Mais le verdict final, il ne le connaît pas. Il est à Bahreïn cette semaine. Et quand je vais lui annoncer la nouvelle, il va avoir l'air effondré, mais la vérité c'est que…

— Arrête, Rebecca…

— Pourquoi ? Parce que c'est trop déprimant ? Tu veux entendre quelque chose de « vraiment » déprimant ? Au temps où on s'est réellement aimés, Pierre m'a dit qu'on devrait adopter un enfant. Et moi, j'ai refusé. Parce que, après avoir perdu le bébé, « notre » bébé, la peur de perdre encore a dominé toutes mes réactions, toutes mes pensées. Et le résultat…

Elle s'est mordu les lèvres. Des larmes striaient ses joues. J'ai passé mes doigts entre les siens, puis je lui ai tendu son verre de cognac. Elle l'a bu par petites gorgées, en tenant ma main. Pendant ce court instant, plus de vingt années se sont effacées. Nous étions à nouveau à la terrasse du petit café, encore jeunes, encore dans l'ignorance des pires aspérités de l'existence, encore persuadés que tout était possible pour nous. Oui, ce soir-là, alors que nous venions de convenir de réunir nos destinées, en un bref et lumineux moment, tout avait paru ouvert devant nous. Et puis ?

C'est là que le bât blesse. Dans ce « Et puis », et tout ce qu'il y a derrière.

Rebecca a vidé son verre.

— C'est triste, quand même. Que la première personne à qui j'apprends que je ne serai bientôt plus là soit mon ex-mari.

J'ai cherché une réponse, une réaction à quelque chose qui était plus fort que tous les mots de la Terre, qui était littéralement sidérant. Tout ce qui me venait à l'esprit me paraissait futile, dérisoire, et je n'ai pu que dire tout bas :

— Je suis désolé…

Encore un silence. Je lui ai demandé de m'excuser, invoquant le besoin d'aller aux toilettes. Une fois enfermé dans le petit cabinet, j'ai agrippé le lavabo des deux mains, tremblant. Pourquoi et comment les êtres se rencontrent et se ratent, se trouvent et se perdent, se désirent et se rejettent, s'aiment avant de se mépriser… Pourquoi ne parvenons-nous jamais à nous détacher entièrement de ce que nous avons vécu, et surtout de ce que nous nous sommes infligé à nous-mêmes ?

Et puis ?

La roulette génétique. Elle se met à tourner, une fois que vous avez franchi le demi-siècle. Vous finissez prisonnier d'une combinaison aléatoire dans une des petites cases de ce plateau tournant que les cellules de votre corps ont conçues.

Et puis ?

Pourquoi sommes-nous si malheureux quand l'incertitude nous assaille ? Est-ce parce qu'elle nous guette en permanence, justement, parce qu'elle est partout ? Et pourquoi avais-je réussi à trouver enfin un certain degré de sérénité alors que ma vie jusque-là avait été parsemée d'échecs et de déceptions ? Est-ce que tout se réduit à la façon dont nous l'interprétons, à la version que nous voulons lui donner ? Ou bien avais-je été immergé en moi-même trop longtemps ? Peut-on prétendre connaître quelqu'un d'autre lorsqu'on reste aussi inatteignable pour soi-même ?

J'ai continué à me cramponner au lavabo jusqu'à ce que ce moment de vertige soit passé. À nouveau maître de moi, je me suis aspergé le visage d'un peu d'eau, j'ai repris ma respiration et je suis retourné dehors.

La table que nous avions occupée était déserte. Rebecca était partie.

Le serveur s'est approché pour me rendre la monnaie sur mon billet de vingt. Il m'a aussi remis un bout de papier plié.

— La dame vous a laissé ça, a-t-il expliqué.

Dépliant le papier, j'ai lu : « On se reverra dans une prochaine vie. Peut-être que je ne ferai pas d'erreur, cette fois. Ou peut-être que si. »

Je suis resté là deux minutes, incapable de bouger. En me disant : « Et maintenant ? »

Un conte de Noël

Mon ex pouvait se montrer extravagant, des fois. Quand nous nous sommes connus, il n'hésitait pas une seconde à m'emmener en un long week-end sur l'île Moustique ou à réserver deux places sur le Concorde pour une escapade impromptue à Paris, à l'époque où cette ressource supersonique était encore en service. Et la veille de Noël 2002, alors qu'il venait de décider que nous allions nous marier, il m'avait entraînée chez un diamantaire de la 46e Rue ouest – car mon mari est un homme important et il n'aurait jamais condescendu à entrer dans une banale bijouterie – et avait allongé soixante-dix-huit mille dollars pour une bague en diamants qui, allez comprendre comment, était à la fois tape-à-l'œil et raffinée. Si j'en connaissais le prix, c'était parce que Todd me l'avait dit – il m'annonçait toujours le prix de ce qu'il achetait – mais aussi parce que, deux ans après, quand notre union conjugale a commencé à prendre des allures de débâcle, je l'ai fait estimer. L'expert, un autre bijoutier du quartier des diamantaires, est allé jusqu'à rameuter deux collègues pour qu'ils s'extasient avec lui sur la qualité de la taille et la pureté des pierres précieuses.

— Si j'étais vous, je dirais cent cinquante mille à votre assurance, m'a-t-il déclaré. Mais dans le cas où vous voudriez la vendre maintenant, je vous en donne cent trente, sans hésitation.

J'ai commis l'erreur de rapporter cet échange le soir même à mon tendre époux, tandis que nous dinîons dans un trois-étoiles Michelin de New York. Bien que nous ayons dépensé cent mille dollars pour la cuisine sur mesure de notre loft de Tribeca, nous ne mangions jamais à la maison.

— Quoi, elle vaut vraiment le double du prix auquel je l'ai achetée ? (Il paraissait plus qu'étonné : choqué.) Montre-moi encore cette bague.

— Non, je ne l'enlève pas. Je ne la retire jamais, d'ailleurs. C'est mon trésor de guerre si je m'enfuis.

— Ah ouais ? a répliqué Todd avec un petit rire amer. Comme si tu avais besoin de ça.

Il n'avait pas tort sur ce point. Je n'alignais pas ses deux millions neuf de revenus annuels, certes, mais j'avais un salaire à six chiffres car, comme Todd, j'évoluais dans la haute finance : avocate spécialisée en fusions-acquisitions et, ainsi que mon mari aimait à le claironner, encore plus dure en affaires que lui. « Erica, c'est le pragmatisme qui peut tuer », avait-il ainsi déclaré un jour à un groupe d'amis, et même si j'avais été outrée par cette description peu flatteuse je devais reconnaître que ce salaud n'était pas loin de la réalité.

Les contentieux étaient notre raison d'être et notre moyen de subsistance à tous deux. Et les avocats d'affaires ne sont pas réputés pour leur romantisme, c'est un fait. Todd, cependant, ne se voyait pas sous ce jour : véritable requin dans une salle de tribunal, il se plaisait à se considérer avant tout comme un esthète, un fanatique d'opéra capable de chanter des arias entières du *Don Carlos* de Verdi dès qu'il avait un public disposé à l'écouter et qu'il voulait impressionner. Brusquement, ce Jack l'Éventreur du litige administratif tenait à prouver au monde que, sous ses airs de partisan de la sélection naturelle la plus brutale, il avait une âme, lui aussi. Tandis que moi, j'étais quoi ? La froide technicienne des arguties juridiques, dotée d'un cœur en béton armé.

« Erica n'arrive jamais à trouver la poésie qui se cache dans les contradictions fondamentales de la vie. » C'est ce qu'il a eu le front de sortir en pleine audience de divorce il y a six mois. C'est lui qui avait déposé la demande, et nous nous sommes respectivement représentés aux séances de conciliation – j'ai obtenu de garder l'appartement de Manhattan, lui notre maison de week-end à Litchfield. Le petit cercle socioprofessionnel dans lequel nous évoluions a commenté abondamment l'impassibilité apparente (et prévisible, d'après eux) avec laquelle j'ai accueilli la nouvelle que Todd s'était entiché d'une soprano relativement connue trois semaines seulement après le jugement de divorce. Et quand je dis « entiché de », j'entends « marié avec ». Oui, un mariage en grande pompe à Milan, où la garce tenait le rôle de Mimi à la Scala. À ce moment, il a fallu que je supporte plus que mon soûl de regards compatissants que confrères et consœurs faisaient peser sur moi, accompagnés d'une question muette : « Comment diable cette pitbull du *reverse takeover*, cette investigatrice implacable, qui serait certainement capable de monter un dossier compromettant sur le pape en personne, n'a pas été fichue de se douter que son mari entretenait une liaison sérieuse depuis plus de deux ans ? »

Peut-être parce que je n'arrivais jamais à trouver la poésie qui se cache dans les contradictions fondamentales de la vie, comme dirait l'autre…

Évidemment, j'ai conservé une apparence de dignité inébranlable face à ce coup du sort… Lorsque quiconque cherchait à m'offrir sa sympathie en égratignant au passage le manque de classe de Todd, qui s'était rué devant l'autel de son second mariage à peine l'encre de notre notification de divorce séchée, je coupais court avec un : « Vous avez une divorcée comblée devant vous », ou bien, ajoutant une pincée d'ironie vacharde : « Todd a toujours été une diva, il n'est pas étonnant qu'il ait fini par en épouser une. »

En privé, en revanche, ç'a été l'effondrement. Perdre trois kilos par semaine sans suivre aucun régime, être talonnée par l'insomnie six nuits consécutives… Mes nerfs se sont bientôt retrouvés dans un tel état qu'il m'arrivait de devoir m'excuser en pleine négociation d'une reprise de capital-investissement pour courir m'enfermer aux toilettes et verser toutes les larmes de mon corps, le chagrin refoulé m'emportant comme une vague féroce. Puis je me refaisais une tête humaine devant la glace, je me disais que j'avais expulsé le poison, ou une faribole de ce style, je revenais m'asseoir avec les autres et je concluais l'affaire. À la fin de la journée, je rentrais chez moi et j'avalais six ou sept verres d'un excellent bordeaux sans parvenir à sombrer dans l'inconscience.

Un matin, après avoir découvert que deux autres kilos étaient partis en fumée, j'ai téléphoné à mon médecin et supplié d'être reçue en urgence.

— Vous ne vous êtes jamais dit que ça pourrait être une dépression ? m'a-t-il demandé après m'avoir soumise à une série d'examens.

— Je n'ai pas le temps de faire dans la dépression, docteur.

— C'est exactement ce dans quoi vous êtes, pourtant.

Il m'a prescrit des antidépresseurs légers qui me permettraient de retrouver le sommeil et m'a conseillé de prendre un moment de temps à autre pour réfléchir à ma situation. Si j'arrivais à imaginer que mon divorce était comparable à, disons, une paire de chaussures que je me serais obstinée à porter pendant des années alors qu'elles me faisaient un mal de chien, il me suffirait de les enlever et de les jeter dans un placard, ou à la poubelle.

« Nulle, la métaphore », ai-je pensé par-devers moi. Mais je me suis résignée à avaler ces cachets, qui n'ont rien arrangé du tout. Ou plutôt ils m'assommaient pendant trois ou quatre heures, et je me réveillais en pleine nuit, encore plus vulnérable au désespoir qui m'assaillait aussitôt et s'accompagnait d'une litanie de reproches dont je m'accablais à voix haute. Et pour commencer, comment avais-je pu laisser partir un homme aussi fabuleux que Todd ? La réponse était chaque fois la même : ce qui l'avait détourné de moi, c'était mon obsession du travail et de la réussite professionnelle, mon inaptitude à décompresser et à « admettre qu'il y a autre chose dans la vie que l'apparence du succès », pour reprendre une autre formule péremptoire de mon ex-mari.

Du coup, je dormais à peine trois heures par nuit, je continuais à fondre comme neige au soleil, mais, cruel paradoxe de tout ce gâchis, j'avais enfin le tour de taille dont j'avais tellement rêvé.

L'approche de Noël m'a rendue plus consciente que jamais de ma solitude radicale. Mes parents, agents immobiliers du New Jersey désormais cloîtrés dans une résidence de retraités au milieu d'un terrain de golf en Arizona, m'avaient prévenue qu'ils n'allaient quitter leur havre éternellement climatisé que pour une croisière de la Nativité à travers les Caraïbes. Quant à mes deux plus proches amies de jeunesse – Mimi, journaliste au magazine *Time*, et Amanda, une virtuose des fonds mutuels –, elles devaient passer les fêtes en famille, loin de New York.

Et puis, sans crier gare, Todd a appelé. En fin d'après-midi, le 21 décembre. En voyant son nom s'afficher sur l'écran de mon portable, j'ai d'abord hésité à répondre avant de me lancer.

— Qu'est-ce qui me vaut l'honneur ?

Pendant quelques minutes, il s'est contenté de me donner de ses nouvelles, ce qui m'a permis d'apprendre qu'il s'envolerait le matin de Noël pour la Suisse – il devait entre-temps boucler une transaction pour un très, très gros client – afin de rejoindre sa tendre et chère sur les pistes de ski pendant une semaine. À Davos, *of course*. Ces préliminaires achevés, il est allé droit au but, fidèle à son style :

— Dis, la bague que je t'ai offerte ?

— Eh bien, quoi ?

— Tu ne l'as pas fait estimer une seconde fois, récemment ?

— Il se trouve que si. Et sa valeur n'arrête pas de grimper. Cent quatre-vingt-cinq mille, il paraît.

— Veinarde.

— Comme tu dis.

— Tu veux la vendre ?

— Comment ?

— Tu m'as très bien entendu. Tu serais prête à la vendre ?

— À qui ?

— À qui ! À moi.

— Mais… pourquoi ?

— Parce que je… Parce que j'aimerais te la racheter.

— Et pour quelle raison ?
— J'ai mes raisons.
— Oui. C'est « elle », la raison, non ?
— Il me faut cette bague.
— Pourquoi ?
Je connaissais la réponse. Bien qu'il ait facilement cédé sur les aspects matériels du divorce, notamment en renonçant sans la moindre hésitation à un loft évalué à trois millions de dollars, il faisait de ce bijou une affaire personnelle. Pour complètement se détacher de moi, il avait besoin de la reprendre. Ou du moins est-ce ainsi que j'ai analysé sa démarche sur le moment, tant je savais que Todd était le genre d'homme qui ne jouait qu'en étant certain de gagner. Il ne supportait pas d'être contrarié.
— J'ai mes raisons, a-t-il répété.
— J'en suis sûre, mais je ne la vends pas.
— Je t'offre cent quatre-vingt-dix mille.
— Je ne suis pas intéressée.
— Cent quatre-vingt-quinze.
— Bonnes fêtes, Todd.
J'ai raccroché. Il m'a rappelée dès le lendemain.
— Sois raisonnable, a-t-il plaidé sans même me dire bonjour.
— Mais pourquoi veux-tu cette bague à ce point ?
— Parce que je la veux.
— Appelle ton bonhomme de la 46e Rue, il t'en trouvera une autre.
— C'est la tienne qu'il me faut.
— Et moi, il me faut une explication.
— Règle numéro un de la négociation : les explications sont toujours hors sujet.
— Fabuleux tuyau, Todd. Pas étonnant que tu sois un avocat aussi bien payé.

— Et tu peux aller te faire faire ce que je pense où je pense, pendant que tu y es.

— Règle numéro deux de la négociation : ne jamais insulter la personne dont tu attends quelque chose.

— Deux cent cinq mille.

— Tu es vraiment aux abois. Qu'est-ce qui t'arrive ? Ton idylle avec Miss Crescendo bat de l'aile ?

Cette fois, c'est lui qui a coupé la communication. Vingt-quatre heures se sont écoulées sans qu'il se manifeste à nouveau, j'ai cru que l'incident était clos. Ce n'était pas plus mal, puisque ses appels téléphoniques n'avaient fait qu'ajouter à la tristesse d'un Noël qui s'annonçait aussi morne que solitaire. De toute façon, c'était un jour comme un autre, non ? En plus, j'avais du travail par-dessus la tête, la faute à une action antimonopole que je devais plaider début janvier. Alors pas de guirlandes ni de neige artificielle, pas de fièvre acheteuse ni de fausse allégresse, « Noël se sera sans moi, merci ».

Par conséquent, je suis restée au bureau toute la journée du 24. Et qui a téléphoné vers quatre heures de l'après-midi ?

— Deux cent vingt mille, dernière offre.

— C'est bien ce que je disais. Tu as vraiment un problème.

— Je veux cette bague, c'est tout.

— Non. « Elle » la veut. Allez, dis-le.

— Règle numéro un de la négociation : les explications…

— … sont toujours hors sujet, tu me l'as déjà dit. Mais ce n'est pas une explication que j'attends, c'est un aveu. Tu fais tout ça parce qu'elle connaît l'existence de cette bague et qu'elle exige de l'avoir, pour toute une flopée de raisons psycho-machin-chose qui ne m'intéressent pas du tout.

Todd a observé un long silence avant de répondre.

— Si je dis « oui », tu me la vendras ?

— Si tu dis « oui », je te la vendrai… deux cent cinquante mille.

— Marché conclu.

— Alors, dis-le.

— Oui, elle veut cette bague parce qu'elle a appartenu à mon ex-femme.

— C'est lamentable.

— Tu es libre de tes opinions.

— Et toi, tu vas t'alléger d'un quart de million de dollars.

— Il me la faut ce soir.

— Neuf heures au bar du St Regis. N'oublie pas ton carnet de chèques.

Je n'étais pas d'humeur à crier victoire après avoir raccroché, et ce, même si j'avais battu le saligaud à son propre jeu – sans parler de cette prime de Noël inattendue qui allait me tomber dessus… Au contraire, c'est une immense tristesse qui m'a soudain submergée. À quoi bon ? De l'argent, j'en avais plus que je n'en avais besoin. Mais je n'avais rien d'autre.

Enfin, il me restait du travail à terminer et j'étais bonne au moins à ça, noircir du papier juridique… À huit heures et demie, après avoir fourré quelques dossiers dans mon porte-documents, j'ai composé le code secret qui commandait la porte d'entrée des bureaux. J'étais la dernière à quitter les lieux en cette nuit de Noël.

Je suis sortie de l'ascenseur dans le hall de l'immeuble tout aussi désert. Seul l'employé de la sécurité était toujours à sa place derrière le comptoir de l'accueil. J'avais dû passer devant lui des dizaines de fois, puisqu'il m'arrivait souvent de quitter le bureau tard, mais je ne lui avais encore jamais accordé plus qu'un coup d'œil distrait. C'était le gardien de nuit habituel, un Africain d'une quarantaine d'années au visage prématurément ridé. On sentait qu'il avait été témoin de beaucoup trop d'événements terribles au cours de sa vie.

— Vous travaillez tard ce soir, ce n'est pas bien, m'a-t-il lancé alors que je m'approchais des portes vitrées.

— Vous aussi, ai-je répondu en me retournant.

— J'ai besoin d'argent. Vous aussi, vous en avez besoin ?

J'ai pilé sur place. Mes paupières ont palpité. Des larmes menaçaient de perler.

— Non, je n'ai pas besoin d'argent. Mais j'ai besoin de travailler.

Il a hoché la tête. Il avait compris la nuance.

— Vous venez d'où ? l'ai-je interrogé.

— De Somalie.

— En Amérique depuis longtemps ?

— Cinq ans.

— De la famille ?

— Une femme, trois enfants. Ils sont toujours à Mogadiscio.

— Pourquoi vous ne les faites pas venir ici ?

— Pas possible. Pas l'argent qu'il faut.

— Combien gagnez-vous par an ?

— Dix-huit mille, peut-être…

Un tiers de ce que je me faisais par mois. Une infime fraction de ce que mon ex-mari engrangeait en quelques semaines. Ce monde était absurde.

— Vous n'avez que cet emploi ?

Il a eu un rire fatigué, désabusé.

— Vous connaissez quelqu'un qui peut vivre à New York avec un seul travail de ce genre ? Non, je conduis un taxi six jours par semaine. De midi à huit heures. Et après je suis ici, de dix heures à six heures du matin.

— Quand est-ce que vous dormez ?

— Quatre heures le matin, du lundi au samedi. Je me rattrape le dimanche.

— De combien auriez-vous besoin pour faire venir votre famille en Amérique ?

— Pourquoi vous me demandez ça ?

— Juste pour savoir.

— Ah, il y a plein de problèmes… À Mogadiscio, nous avons beaucoup de dettes, beaucoup. Quinze, vingt mille dollars. On a emprunté à des prêteurs, alors on ne finit jamais de rembourser… Il y a aussi les frais des visas, tout ça, et je devrais trouver un logement plus grand ici, comment faire avec ce que je gagne ? Alors c'est, comment dire… sans espoir.

Il y a eu un silence de cinq ou dix secondes, pas plus, mais, le temps de cette pause brévissime, je me suis rendu compte brusquement que je savais ce que je m'apprêtais à faire.

— Votre nom, c'est comment ?

— Gueddi.

— Gueddi, ai-je tenté de répéter correctement. Intéressant…

— Ça veut dire « voyageur ».

— Très approprié, alors. Moi, c'est Erica. Écoutez, voilà ce que j'aimerais vous proposer…

Gueddi m'a écoutée jusqu'au bout, ouvrant des yeux de plus en plus grands. En cinq minutes, peut-être, je lui ai parlé de mon divorce, de ce travail que je ne supportais plus, de mes insomnies, de tous les petits tracas de mon existence ultraprotégée, de ce à quoi mon ex-mari voulait maintenant me contraindre… Et, à la fin de ce déballage, je lui ai exposé mon idée. Il a réfléchi un instant.

— Mais on ne se connaît pas ! Je ne comprends pas pourquoi vous feriez ça.

Ma réponse est venue d'un coup :

— « L'esprit de Noël », comme on dit.

— Mais… qu'est-ce que vous voulez en échange ?

— Je ne veux absolument rien.

— Rien du tout ?

— Exact.

— Je… Je ne sais pas quoi dire. Ça ne marche pas comme ça, la vie.

— Ce soir, si. Mais il faut vraiment que vous alliez tout de suite à l'hôtel St Regis. Rappelez-vous, mon ex-mari s'appelle M. Todd Michaelis. Il sera au Martini Bar. Entre-temps, je vais lui téléphoner et le prévenir de votre arrivée. Prenez un taxi, demandez au chauffeur de vous attendre. Vous devriez être de retour ici un quart d'heure plus tard. Pendant ce temps, je monterai la garde à votre place.

— Si mes chefs l'apprennent, je peux avoir des gros ennuis, vous…

— Est-ce que ce serait si grave, maintenant ? l'ai-je coupé.

Il a souri.

— C'est vrai, ça ! Merci, Miss Erica. Je… C'est fou !

— Non, très raisonnable au contraire. Tenez. (J'ai retiré de mon doigt la bague en diamants, que je lui ai tendue avec quelques billets pour son aller-retour en taxi.) Vous devriez vous dépêcher.

— Je… Je vais revenir.

— Je le sais.

Dès qu'il a été dehors, j'ai téléphoné à Todd sur mon portable. « Changement de plan », ai-je annoncé avant de l'informer qu'un certain M. Gueddi Kokundea allait incessamment se présenter devant lui avec la bague, et qu'il devrait établir le chèque d'un quart de million de dollars à son nom. Il n'a pas très bien pris la nouvelle.

— Tu es devenue folle ou quoi ?

— C'est mon argent, j'en fais ce que je veux.

— Totalement malade !

— Tu es libre de tes opinions.

Je l'ai entendu haleter de rage. Finalement, il a dit tout bas :

— Je ne pige pas. Pourquoi, bon sang ?

J'aurais pu lui donner tant d'explications, à cet instant, en particulier sur un sujet que j'avais soigneusement évité pendant des années mais qui, au cours de ces derniers jours, m'était apparu toujours plus incontournable : l'affreuse sensation de vide avec laquelle je n'avais cessé de vivre au milieu de tout ce trop-plein. Mais je me doutais que cela ne pourrait jamais toucher, convaincre, ni même effleurer mon mari de jadis.

— Ce n'est pas toi qui soutenais que les explications sont toujours hors sujet dans une négociation ?

— Allez ! N'esquive pas la question. Pourquoi ?

— Eh bien, peut-être parce que, pour la toute première fois, j'ai réussi à trouver la poésie qui se cache dans les contradictions fondamentales de la vie…

Et là, j'ai ajouté deux mots. Les deux mots de la fin, littéralement, car nous ne nous sommes plus jamais adressé la parole, depuis ce soir-là. Todd a remis son chèque à Gueddi et il a disparu de mon écran radar. Mais avant, j'ai prononcé ces deux mots, sincères et définitifs :

— Joyeux Noël.

Délit de fuite*

Elle m'avait plaqué pour un dermatologue, un toubib de Park Avenue paraît-il célèbre, presque chauve et joueur de golf de surcroît. Le genre de type qui se vante de détester les intellos et dont l'idée du grand romancier est Dan Brown, avec la précision que « ce » bouquin, à part deux ou trois manuels d'astuces pour améliorer son classement sur les greens, était le premier qu'il ait ouvert en quatre ans.

Si je connaissais tous ces détails sur ce Frank Pelt – « pelt », la peau… imagine-t-on un dermatologue avec un nom pareil ? –, c'est parce que celle qui allait bientôt devenir mon ex-femme me les a révélés le jour où elle m'a appris qu'elle me quittait pour ledit expert en couennes. Et peu importait qu'il ait tout l'air d'un ours mal léché, ou que plusieurs de nos amis communs qui l'avaient rencontré m'avaient rapporté que sa conversation était des plus barbantes, et qu'il n'en revenait pas de sa veine, lui, un schmoque pareil se dégottant un boulet comme ma femme. Car à chaque fois que j'ai supplié Megan de nous accorder une deuxième chance, elle m'a déclaré : « Il n'est peut-être pas aussi raffiné ou brillant que toi, mais il

* Nouvelle inédite.

est simple, au bon sens du terme. Et c'est ce dont j'ai besoin, maintenant. Je n'en peux plus de vivre dans la sphère des métaphores. »

« Simple au bon sens du terme. » On aurait cru qu'elle parlait d'un recueil des *Recettes de Bonne Maman*, ou de la glace à la vanille faite homme. Monsieur Pas-de-complication. Monsieur Clair-comme-de-l'eau-de-roche. Monsieur Chiant-comme-la-pluie, plutôt…

Cela dit, je pouvais difficilement contester à Megan le droit d'invoquer ma relative complexité. J'enseigne la création littéraire au Brooklyn College. Nous avons une fille qui vient d'avoir neuf ans, Annalisa. Je gagne tout juste cinquante mille dollars par an, n'étant pas titulaire de ma chaire, et même si j'ai publié trois petits volumes de poésie que la critique a appréciés, ce que me rapporte mon écriture – ainsi que quelques conférences en dehors de mon université – doit atteindre au maximum les cinq mille annuels. Pendant ce temps, Megan, après avoir été pédagogue dans une école spécialement destinée aux enfants autistes tout près de notre petit appartement de Flatbush, l'un des derniers coins de Brooklyn qui n'ait pas été rénové au goût bobo, obtenait une maîtrise en économie par correspondance, suivait une formation dans les investissements à capital variable et obtenait finalement un emploi à Wall Street qui l'accaparait douze heures par jour.

Évidemment, j'aurais dû décrypter tous les signes avant-coureurs, les « réunions » qui duraient jusqu'à dix heures du soir, les séminaires d'un week-end aux Bermudes, l'épuisement pas seulement mental que je décelais en elle quand nous faisions l'amour après son retour de « toute une nuit à surveiller le Dow Jones ». Mais quand elle m'a asséné la nouvelle qu'elle partait vivre avec ce Frank Pelt à Old Greenwich – le bonhomme avait évidemment choisi la banlieue la plus huppée et vieux jeu qui soit –, cela a été plus qu'un choc : un coup de massue.

D'accord, je reconnais que je ne suis pas un génie quand il est question de gérer judicieusement l'argent. Je ne vais pas nier qu'à ce moment nous avions près de quatre mois de retard dans le remboursement de notre prêt immobilier, ni que cette fâcheuse circonstance était largement due à mon insistance pour que nous passions l'été à Paris. Paris, France. La revue *Esquire* n'avait-elle pas suggéré de me payer vingt bâtons en échange d'un long essai sur l'état présent de la littérature américaine ? De sorte que nous avions fait brûler les cartes de crédit pour ce voyage, et j'avais certifié à Megan qu'il s'agissait d'une commande ferme, mais à notre retour le rédacteur en chef m'a informé qu'il n'était pas preneur.

M'ayant pris en flagrant délit de mensonge, ma chère et tendre m'a traité d'irresponsable, pour ne pas dire plus. Et pour me montrer à quel point elle était responsable, elle, Megan a terminé sa maîtrise en un temps record, puis trouvé une excellente position dans cette fameuse société de fonds communs de placement. Tout de suite après, elle souffrait une attaque de psoriasis provoquée par le stress dans son nouvel emploi – et, pour être tout à fait honnête, dans cette passe difficile de notre mariage –, et le médecin de son employeur la dirigeait sur un dermatologue réputé de Park Avenue. Frank Pelt, trois fois père, divorcé et atteignant la fin de la soixantaine, ce qui revient à dire que vingt-quatre ans séparaient Megan de son nouvel homme.

Le soir même de son départ, alors qu'elle était restée sourde à toutes mes supplications et mes promesses de m'amender, j'ai commencé à écrire un poème que j'ai intitulé *Le complexe du papa*. Il reste inachevé jusqu'à ce jour,

Depuis, je n'ai vu ma fille que tous les quinze jours,

les fins de semaine. Elle m'a raconté que Frank Pelt lui répétait qu'il voulait être son nouveau père et qu'il lui avait certifié qu'il lui offrirait une collection complète de clubs de golf au prochain Noël, un cadeau que seul un abruti d'Old Greenwich pourrait penser faire à une fillette de neuf ans. Elle m'a aussi confié qu'elle avait eu une nouvelle télé à écran plat dans sa chambre, et que le sinistre individu avait l'intention de l'emmener avec sa mère au Disneyworld d'Orlando avant la rentrée des classes en septembre. Et même si elle m'a certifié que je resterais toujours son « papa numéro un », j'ai pu constater, durant ces deux week-ends mensuels, qu'elle en était venue à trouver le deux-pièces de Flatbush qu'elle avait jusqu'ici considéré comme sa maison étouffant, mal agencé et mal situé. Tous points sur lesquels elle avait hélas raison.

Et pendant ce temps, elle était partie habiter l'une de ces maisons blanches à colonnades creuses qui prolifèrent dans les publicités de promoteurs immobiliers. Avec la pelouse tondue au millimètre et la piscine à l'arrière. Ça, je le savais parce que j'avais régulièrement surveillé l'endroit. Plus précisément, j'avais espionné les faits et gestes des occupants de cette bicoque prétentieuse depuis l'observatoire idéal que m'offrait une maison en vente juste en face, inhabitée et entourée d'une haute muraille extérieure derrière laquelle je pouvais me dissimuler aisément. Je l'avais découverte un soir où je m'étais rendu à Old Greenwich en voiture, que j'avais laissée sur un parking de supermarché à dix minutes de marche. Le panneau « À vendre » dans la villa opposée à la leur m'avait invité à m'y introduire, et j'avais ensuite passé quelques heures à observer à travers les meurtrières ménagées dans l'enceinte en briques la nouvelle existence de ma famille,

C'est ainsi que j'ai vu ma fille se faire servir son

dîner dans la cuisine par une baby-sitter d'apparence hispanique que ma femme et son beau avaient dû recruter. Et que j'ai été témoin de comment Annalisa se jetait dans les bras de Megan alors que celle-ci rentrait du travail, une scène qui m'a arraché quelques sanglots étouffés tout en me faisant penser que j'étais décidément pitoyable, embusqué derrière un mur à regarder à leur insu les deux êtres qui continuaient à compter le plus dans ce gâchis qu'on appelle la vie, à me dire que je donnerais tout pour qu'elles reviennent à moi.

Bien entendu, ces heures de surveillance m'ont aussi permis de voir l'éminent dermatologue à l'œuvre avec mes chéries. Ô combien papa-gâteau avec Annalisa, ô combien baise papa avec ma femme. Observer leurs simagrées précoïtales dès que ma fille était retournée dans sa chambre, je l'avoue, m'a donné des envies de meurtre. Et que l'homme que Megan s'apprêtait à accueillir de nouveau entre ses jambes ait été à peu près de l'âge de son propre père, à trois ou quatre ans près, rajoutait certainement à ma rage.

J'étais en train de perdre les pédales, oui. La jalousie enfiévrée qui me consumait n'était plus contrôlable. Bientôt, je n'ai plus entrevu qu'une seule solution. Elle consistait essentiellement à éliminer ce vioque de mon paysage et à récupérer les deux femmes de ma vie. Et je l'ai peu à peu conçue comme une fiction dotée d'un rebondissement tout à fait inattendu.

Le doctcur Pelt possédait une Jaguar flambant neuve, l'une de ces décapotables au prix exorbitant, à motorisation britannique et à carrosserie d'un rouge vif prétendant lamentablement dissimuler l'âge du conducteur. Mes postes de guet m'avaient permis de découvrir qu'il laissait souvent sa clé magnétique dans la voiture, se fiant à ce petit monde calfeutré et pratiquement épargné de toute criminalité qu'est Old

Greenwich. Je savais aussi, par Annalisa elle-même qui me l'avait annoncée toute contente quelques jours auparavant, que sa mère prévoyait de l'emmener voir *Le Roi Lion* à Broadway ce jeudi-là. Jouant mon va-tout, je me suis garé dans un autre parking de la ville un peu avant neuf heures et j'ai marché jusqu'à la maison pseudo-coloniale.

Grâce à une application que j'avais sur mon iPhone, j'ai vérifié que le bon docteur n'était pas en ligne à ce moment. Il était certainement vautré devant la télévision dont je voyais l'écran géant luir de la rue. Et il n'était pas au teléphone non plus, un élément essentiel dans la narration que j'avais conçue puisqu'il était vital de ne pas être contredit par les relevés téléphoniques ou de service Internet. C'était prévisible : les braves gens d'Old Greenwich ne s'appellent pas à une heure aussi indue, et il était peu probable qu'un dermatologue soit alerté pour un cas d'acné galopant aussi tard. Non, il était visiblement absorbé dans la retransmission d'une partie de baseball, et donc… Donc, j'étais sûr de mon coup.

D'autant que j'avais pris des précautions supplémentaires. Par exemple, la combinaison en cellophane que j'ai sortie de mon sac à dos et enfilée par-dessus mes vêtements. Et les bottes de chirurgien dont j'ai gainé mes chaussures de sports, et les gants jetables de la même provenance dans lesquels j'ai glissé mes doigts.

Ensuite, j'ai fusé de l'autre côté de la rue tel un soldat de commando, j'ai ouvert précautionneusement la portière, je me suis emparé de la télécommande abandonnée sur le siège passager – ah, la désinvolture des nantis quand ils se sentent en terrain conquis ! –, et j'ai démarré, presque certain qu'il n'entendrait rien derrière ses fenêtres à double vitrage renforcé, autre détail technique que Megan m'avait révélé un jour en soupirant d'un air extasié que « Frank » voulait « tenir le monde extérieur à distance ».

Je ne suis pas allé très loin. Mon plan consistait à rejoindre la gare toute proche et d'attendre le train de 21 h 12 en provenance de Grand Central Station, Manhattan. C'est ce que j'ai fait. Ensuite, soudain devenu adepte de la sélection naturelle darwinienne, j'ai patienté jusqu'à ce que la rame continue sa route, et il n'y avait qu'un passager à être descendu à cette station. Je l'ai suivi des yeux alors qu'il prenait lourdement le chemin de chez lui. La soixantaine, genre homme d'affaires en costume-cravate, coupe en brosse et attaché-case ringard. En deux minutes, il a tourné le coin de la rue et, m'assurant que celle-ci était déserte, j'ai redémarré pour la prendre dans la direction opposée à la sienne.

Avant qu'il n'atteigne le halo de lumière du lampadaire suivant, j'ai appuyé sur l'accélérateur et j'ai braqué le museau de la Jaguar sur lui. Je l'ai percuté de front, et de telle manière qu'il soit projeté contre le poteau. J'ai vu son visage à l'instant fatal : stupéfaction silencieuse, aussitôt remplacée par un masque figé. Après avoir fait marche arrière, je suis retourné à la maison du dermatologue en respectant toutes les limitations de vitesse, espérant seulement que quelque flic en patrouille ne remarquerait pas l'avant défoncé de la voiture. Ma bonne étoile veillait, et je suis arrivé sans encombre devant chez Pelt.

J'ai refermé la portière tout aussi doucement. Caché derrière le mur en briques, j'ai retiré mes diverses couches de plastique et de latex avant de retourner posément à pied au parking sur laquel j'avais laissé mon véhicule parmi une vingtaine d'autres stationnés là pour la nuit, et donc impossible à repérer. J'ai regagné Brooklyn, m'arrêtant une minute devant un container d'ordures pour y jeter mon sac et tout ce qu'il contenait de potentiellement incriminant. Les soixante-douze heures suivantes, je les ai passées à redouter d'entendre ma porte forcée et une escouade de policiers faire irruption. Au lieu de cela, il y a eu…

Une croisade publique, déclenchée par la manchette du *New York Post* deux jours plus tard : « Délit de fuite ! Un dermato de Park Avenue incapable de s'expliquer après un accident mortel tout près de son domicile. Sa Jaguar identifiée. Le procureur du Connecticut invoque l'homicide volontaire. »

Cela a ruiné sa carrière, bien entendu. Et bien entendu, il n'a cessé de proclamer son innocence, affirmant que le véritable responsable de la mort de ce passant lui avait dérobé sa voiture. Et bien entendu, la police m'a interrogé, certainement sur la suggestion pressante de Megan. Seulement, j'avais un alibi en béton : ce soir-là, j'étais chez moi, en train de regarder par téléchargement le film-marathon – quatre heures ! – de Jean Eustache, *La Maman et La Putain*, un classique du cinéma d'avant-garde datant de 1976. Bien entendu, je l'avais effectivement acheté sur Internet et laissé se dérouler pendant que j'étais allé à Old Greenwich et que j'avais fait la route du retour.

Certes, ils sont restés sceptiques, au début, mais une enquête criminelle est souvent influencée par la personnalité de celui qui raconte l'histoire, à condition qu'elle reste dans les limites de la crédibilité. Quand l'inspecteur m'a demandé de lui parler du film en question, dont j'avais le DVD depuis des années, je n'ai eu aucun mal à l'entraîner dans ses abondantes circonvolutions intellectuelles. Et j'étais également en mesure d'argumenter de façon assez convaincante que même si le Pelt m'avait volé ma femme et pratiquement adopté ma fille, je n'avais aucun intérêt à ce qu'il lui arrive des ennuis, son aisance matérielle procurant à ces deux êtres aimés une stabilité que mes modestes ressources n'auraient pu leur garantir.

Ma chance ne m'a pas abandonné. Personne n'a signalé une présence suspecte aux abords de chez lui cette nuit-là, grâce au soin que j'avais pris à couvrir mes mouvements dans une zone résidentielle de couche-tôt. Au moment où l'inconnu du 21 h 12 avait connu cette fin tragique, le bon docteur n'était pas à son ordinateur ni au téléphone, donc il n'avait pas d'alibi, il avait été seul chez lui et ne disposait d'aucun moyen de prouver que ce n'était pas lui qui se trouvait au volant de la Jaguar meurtrière. Et les seules traces d'ADN sur ledit volant étaient les siennes…

J'ai suivi tous ces détails de l'enquête dans la presse à scandale, qui a rapporté également que sa clientèle se réduisait rapidement à peau de chagrin, si je puis me permettre, que l'Association des médecins des États-Unis considérait sa radiation, et que Megan l'avait quitté.

Et puis, en allumant mon ordinateur un matin où je devais aller chercher Annalisa pour le week-end, j'ai trouvé un bref e-mail de celle qui, techniquement parlant, était toujours mon épouse : « Je sais que c'est toi. Je sais aussi que je ne serai jamais en mesure de le prouver. Tu as brillamment brouillé les pistes. Maintenant, je brouille les miennes. Pour toujours. »

Et elle a disparu. Avec notre fille. Sans une trace, comme elle l'avait écrit. Silence radio. Alors que ce type était finalement inculpé d'homicide, puis acceptait la formule accélérée proposée par la partie publique – cinq ans de prison et deux millions de dédommagements à la veuve de celui qu'il n'avait pas tué –, j'ai perdu tout contact avec Megan. Ma fille me manquait à un point intolérable, et je désirais toujours ardemment me réconcilier avec sa mère, mais le détective privé qui m'avait pris trois cents dollars de l'heure m'a mis un jour les points sur les i en assénant : « Son message est clair et c'est “dégage”. Elle veut vous tenir le plus loin possible d'elle. Maintenant, si vous avez envie de claquer vingt kilos de plus, je vous la retrouve avec plaisir. Et après, quoi ? Vous pensez qu'elle va vous ouvrir les bras et tout recommencer ? D'après moi, elle pense que vous vous en êtes tiré à bon compte et que… attention, je ne dis pas que vous êtes coupable mais si vous lui mettez trop la pression, qui sait ce comment les choses pourraient tourner pour vous ? Mon conseil, et je sais que ce n'est pas facile, c'est de laisser tomber. Et peut-être que votre fille, une fois parvenue à un certain âge, éprouvera le besoin de reprendre contact avec son père… »

Pas après des années pendant lesquelles sa mère lui aura répété que j'étais un assassin, non. Et l'homme que j'ai tué ? Toujours d'après le *New York Post*, le torchon qui a été ma principale source d'informations, c'était un dénommé Brent Sanders, avocat d'affaires à Wall Street, ancien du Vietnam, marié à la même femme durant quarante-huit ans, père de quatre enfants, ces derniers profondément traumatisés par sa mort et celle-ci se débattant dans la dépression depuis.

Il n'empêche que je m'en suis « tiré à bon compte », n'est-ce pas ? J'assure mes cours, je rentre à mon appartement toujours plus accablant, j'essaie d'écrire et je n'y arrive pas. J'ai sans cesse devant moi le visage incrédule de ma fille, et la silhouette accablée de Brent Sanders. Je ne dors presque plus. Frank Pelt vient juste de commencer à purger sa peine et la famille de l'avocat décédé tempête, s'indigne contre le fait que ses conditions de détention soient relativement clémentes et qu'il ne paie pas plus pour son crime.

Je paie, moi aussi. Mais en silence. En secret. Chaque jour. Sans arrêt. C'est sûr, je m'en suis tiré, sauf qu'il n'y aucun avenir au-delà de cela. Ou si, une certitude : s'en tirer, c'est une condamnation à perpétuité.

Un dîner aux chandelles*

Le jour où j'ai été reconnu non-coupable de malversation, j'ai décidé de me soûler. La comparution devant le juge – qui m'a également décrété incapable de payer mes dettes, puisque sans un rond – s'est achevée à trois heures de l'après-midi. Sitôt après avoir entendu le magistrat me traiter de malhonnête et soupirer qu'il aurait aimé me jeter en prison s'il en avait eu le pouvoir, Silverstein, mon avocat commis d'office, m'a fait savoir que j'étais autorisé à me considérer un sacré veinard.

— S'il y avait un semblant de justice dans ce monde, m'a-t-il certifié, vous seriez présentement en route vers une taule fédérale dans laquelle vous passeriez les cinq ou dix ans à venir. Et vous seriez obligé de brader votre Gulfstream rien que pour me payer mes honoraires.

— Je n'ai pas de Gulfstream, l'ai-je informé. En fait, vous savez pertinemment que mes avoirs se résument à zéro, ce qui explique que j'aie dû me contenter des services d'un avocaillon minable tel que vous.

Il a eu un sourire pincé, puis :

— Les gens comme vous, je parle de ceux qui sont nés avec une cuillère en argent dans le cul, prennent

* Nouvelle inédite.

toujours de grands airs lorsqu'ils se retrouvent à la merci des tribunaux et se font couvrir leurs frais de justice par l'argent des contribuables. Et ensuite, vous autres traitez de haut quelqu'un qui a fait son droit à Brooklyn, pas à Harvard, mais qui vous a quand même sauvé la peau.

— Vous voudriez quoi, un pourboire ? Bon, si j'avais mille balles en trop, je vous les refilerais volontiers en vous disant d'aller vous acheter un costard neuf, ou n'importe quoi pour améliorer votre dégaine. Soit dit en passant, un détour chez un bon coiffeur ne vous ferait pas de mal, mon pauvre…

Oui, oui, je sais ce que vous devez être en train de passer : « Qui c'est, ce connard ? Et comment garde-t-il son portrait intact après des tirades aussi fielleuses, avec une agressivité aussi venimeuse, surtout devant un as des prétoires bien intentionné et mal payé qui s'est tout de même débrouillé pour le tirer sans une égratignure de la catastrophe financière dans laquelle il s'était lui-même fourré ? » Le truc, c'est que quand je m'inquiète et que je suis à cran, je deviens méchant. Et ce jour-là, j'avais nombre de raisons de m'inquiéter et d'avoir les nerfs : après un mois entier de séances devant le juge au cours desquelles j'ai été présenté comme la personnification de tous les maux du capitalisme moderne, dépeint sous les traits d'un voleur, d'un filou, d'une crapule prête à détruire des vies autour de moi pour parvenir à mes fins, j'étais arrivé au tribunal ce matin-là en m'attendant que le jury composé de sept de mes soi-disant « semblables » me déclare coupable et m'inflige une peine de prison carabinée. Sept à dix ans avec de la chance, m'avait prévenu Silverstein en ajoutant qu'il ne désespérait pas de convaincre les autorités pénitentiaires new-yorkaises de m'épargner au moins le quartier de haute sécurité…

Pourtant, quand le président du jury s'est levé pour annoncer que oui, ils étaient parvenus à un verdict, il m'a regardé droit dans les yeux. Or, Silverstein m'avait explicitement mis en garde dans ces termes : « Si le représentant des jurés évite de vous regarder au moment de communiquer leur décision, vous êtes cuit. » Mais ce sale rastaquouère – Portoricain ou quelque chose de ce genre – n'a pas cessé de mater pendant qu'ils reprenaient leurs places dans le box. Évidemment, que j'aie pu refiler cent sacs au bonhomme par un intermédiaire discret comptait pour beaucoup dans le fait que les délibérations du jury se soient éternisées sept jours durant, au point que le juge ait convoqué à deux reprises les jurés devant lui afin d'essayer de comprendre pourquoi une affaire de fraude aussi patente réclamait des débats prolongés à ce point.

Et donc, au moment où le président s'est hissé sur ses pattes de derrière pour annoncer le verdict de non-culpabilité, un long murmure s'est élevé de la salle de tribunal. Le procureur et ses sbires avaient l'air complètement estomaqués. Le juge n'a pas caché sa colère, soulignant que cette décision allait à l'encontre des preuves irréfutables que l'accusation avait réunies. Par la suite, plusieurs jurés ont affirmé que leur président les avait quasiment forcés de voter « non-coupable », quand bien même ils étaient d'accord avec le procureur. Et ce dernier a eu beau pester dans sa conférence de presse qu'il allait ouvrir une enquête sur d'éventuelles pressions dont le jury aurait pu avoir à souffrir, j'étais certain que mon associé – Boris Splikov, un Russkof bâti en Hercule qui était moité-moitié avec moi dans la start-up Internet bidon que j'avais montée – avait si parfaitement blanchi la thune refilée au Portoricain, et qu'il avait des tuyaux tellement gratinés sur ledit Juan

Ramirez, comme le fait qu'il ait régulièrement sauté sa belle-sœur au cours des six derniers mois, que le graissage de patte en question resterait à jamais secret.

Même Silverstein a accueilli la sentence avec incrédulité.

— Vous avez acheté quelqu'un ? m'a-t-il demandé alors que nous étions allés prendre un verre près du Tribunal fédéral des faillites, tout en bas de Manhattan.

— Vous oubliez que je suis fauché ? ai-je contré, n'ayant pas oublié que le FBI avait soigneusement étudié l'état de mes finances afin de s'assurer que je n'avais pas planqué de grosses sommes quelque part et que j'étais en conséquence éligible à l'aide judiciaire.

Ce que les Fédéraux avaient loupé, néanmoins, c'est l'arrangement juteux que j'avais concocté avec un banquier des îles Caïmans et qui m'avait permis, en échange de l'exorbitante commission de 20 % prélevée par le type, de mettre à l'abri le fric – un million deux – que j'avais réussi à sortir du pays avant que l'Oncle Sam ne mette la main dessus.

De quel crime affreux m'accusait-on alors ? Détournement de fonds et fraude fiscale, en d'autres termes la bonne vieille magouille des familles remise au goût du jour. Voici comment : après avoir monté en Uruguay une société basée sur Internet qui se présentait comme l'équivalent latino-américain d'ebay, j'avais vendu des participations à plusieurs investisseurs, à cinquante mille dollars le paquet de huit cents actions. En retour, ils étaient garantis d'avoir leur part des bénéfices quand la société en question entrerait en Bourse au bout d'un an, ou de pouvoir reprendre intégralement leurs billes si elle ne parvenait pas à être cotée sur le marché boursier. Ce que ces niais n'avaient pas calculé, c'est que ces actions étaient totalement fictives et que j'avais également déposé la marque à Grenade, où la très souple législation locale me permettait d'en faire une simple société-écran qui assumerait toute la casse si le montage tombait à l'eau, ce qui ne manquerait pas d'arriver.

Bien entendu, la majeure partie des crétins que j'ai dupés étaient assez riches pour pouvoir encaisser le coup, et le fait demeure qu'ils auraient gagné des tonnes d'argent si ma société avait finalement été cotée en Bourse, une éventualité certes aussi improbable que ma conversion à l'islam et ma nomination au poste de grand imam de Kaboul. Mais là est tout le secret, quand on entube les gens : il faut être capable de s'assumer en tant que complète et parfaite fabrication, à savoir un être amoral dans un monde qui, fondamentalement, l'est tout autant.

Il y a très longtemps, après avoir été éjecté de plusieurs firmes de Wall Street en raison de diverses incartades déontologiques, après avoir vu ma vie conjugale finir en eau de boudin pour des raisons liées à ma moralité plus qu'élastique aussi bien dans les salles de trading que dans les bras de multiples maîtresses, j'ai pris la résolution de mener ma barque selon mes propres principes. Un concept venu d'un cours de littérature du XXe siècle que j'avais suivi pendant mon passage dans trois universités successives a guidé mes pas jusqu'à aujourd'hui, celui de « pureté existentielle ». C'est en gros l'idée de vivre entièrement dans le présent, de se sentir responsable de la totalité de ses actes et d'accepter lucidement que chaque individu est complètement seul au sein d'un univers intrinsèquement hostile. Mon ex-épouse aimait dire que j'étais quelqu'un « sans aucun repère moral », quelqu'un qui ne répugnerait pas un instant à saccager la vie d'autrui. Plus simplement, j'ai toujours pensé que mon comportement était l'adaptation logique à un monde dominé par le principe darwiniste de la sélection naturelle, dans lequel la gentillesse ne rapporte jamais rien.

Dans ce contexte, à quoi bon essayer de respecter les règles du jeu édictées par des gouvernements et des autorités légales qui passent leur temps à les bafouer eux-mêmes mais s'en servent dans le seul but de contrôler et de manipuler les autres ? Cela ressemble beaucoup à tout ce baratin à propos de la fidélité et de la charité que j'ai été contraint de répéter les deux fois où j'ai commis l'erreur de tomber dans le piège conjugal – si je n'ai pas mentionné mon premier mariage plus haut, c'est tout bêtement parce qu'il n'en vaut pas la peine. L'homme qui demeure fidèle à sa femme pendant quarante sera présenté comme un parangon de droiture et de stabilité, mais dans neuf cas sur dix ce même héros des valeurs familiales passe son temps à se demander pourquoi il ne se tape pas une jeunette de vingt ans en lousdé, s'il ne le fait pas déjà, et à se poser la question : que lui rapporteront tous ces bons points récoltés en échange de cette interminable incarcération maritale, de ce dévouement envers une femme qui l'a enfermé dans un enfer domestique ? Même si le mariage est l'une des rares expériences humaines qui garantisse une certaine dose de sexualité plus ou moins régulière et un confort relatif, l'homme fidèle ne pourra pas moins s'empêcher de penser qu'il aurait mieux fait de garder sa liberté et de baiser tout ce qui bouge.

Alors, oui : comme vous avez dû le deviner, je ne nourris pas une conception particulièrement optimiste et encourageante de notre condition de mortels. Que voulez-vous ? Le mot-clé, ici, est « prendre ». Je prends, vous prenez, nous prenons tous ce que nous pouvons avoir sous la main. C'est ainsi que le monde fonctionne, mes amis. « *Cogito*, *ergo* va te faire foutre ».

Fortifié par ma petite victoire judiciaire, néanmoins, je me suis senti enclin à payer deux ou trois verres à mon avocat commis d'office. Étant juif, Silverstein n'est pas un gros buveur – en fait, je n'ai connu que deux poivrots juifs dans ma vie, l'un d'eux n'étant autre que mon père –, et ce jour-là il paraissait aussi très pressé de se priver de ma compagnie. Après notre échange d'amabilités, lui me traitant de privilégié sans gratitude, moi critiquant subtilement sa piètre apparence, il a vidé d'un trait son jus de tomate avant de déclarer :

— Le point le plus positif de cet acquittement, c'est que ça m'épargnera de vous revoir. Vous êtes débecquetant, pour tout dire, et s'il y a une quelconque justice dans ce monde votre arrogance hallucinante finira par vous noyer dans une merde insurmontable. Le problème, c'est que vous êtes un de ces types en caoutchouc qui arrivent toujours à se sortir des pétrins les plus inextricables, genre Houdini. Parce que vous avez pigé qu'on s'en tire toujours, avec de l'argent.

— Hé, on vit où, exactement ? Aux USA, United-States-of-Aboule-le-fric.

Se levant, Silverstein a attrapé son manteau et jeté quelques billets sur la table.

— Votre thune n'a pas cours, ici, lui ai-je lancé.

— Vous croyez que je vais laisser un goniff comme vous me payer à boire ? Il s'est éloigné puis, se retournant brièvement, il a sifflé entre ses dents : Le crime ne paie pas toujours…

— Vous dites ça un jour comme aujourd'hui ? ai-je persiflé en me faisant à nouveau la réflexion que j'aurais pu écoper de dix piges derrière les barreaux, à repousser dans le moins pire des cas les avances d'un comptable découvrant en prison ses tendances homos après avoir lui aussi détourné la thune des autres.

Mais c'est justement le truc, dans les affaires de malversation : quand vous tapez des actionnaires crédules, ou que vous envoyez sur votre compte les économies de clients modestes, vous ne pensez pas vraiment aux dégâts que vous allez provoquer. Si je dis cela, ce n'est pas parce que j'aurais été soudain touché par la grâce, que j'aurais découvert par un petit matin glauque la perversité de mes actes avant de tomber à genoux et de prier Jésus de m'appeler sur mon portable afin de me donner des tuyaux en matière de rédemption individuelle. Non, celui qui m'a amené à considérer cet aspect des choses est le psy que le juge m'a ordonné de consulter pendant la longue instruction de mon affaire, un maigrichon boutonneux d'une trentaine d'années, mal fringué, aux dents cariées et à l'haleine fétide, le genre de binoclard frustré qui devait encore vivre avec sa mère et s'offrir un abonnement à une chaîne porno pour contenir ses mauvais démons. Au cours d'entretiens et de tests destinés selon lui à « esquisser une typologie de votre pathologie » – de bien grands mots pour un paumé qui avait probablement maté *Catch à quatre lesbien* la nuit précédente –, il a remarqué un jour :

— Les gens qui abusent de la confiance des autres…

Je l'ai coupé aussi sec :

— Je suis présumé innocent, n'oubliez pas, alors ne commencez pas à jacter comme si vous connaissiez la vérité.

Il s'est agité dans son fauteuil, mal à l'aise, avant de poursuivre :

— Escrocs, fraudeurs, estampeurs… Tous ces gens

ont un trait en commun : ils n'ont aucune commisération envers leurs victimes. Aucune notion de l'énormité de leurs forfaitures, de…

— Qu'est-ce que vous causez bien, Doc'!

Il a soutenu mon regard, pour une fois :

— Et vous, vous jouez au gangster de Little Italy alors que vous avez grandi dans une banlieue tout à fait petite-bourgeoise de Long Island, que vous avez fréquenté des écoles respectables et que vous êtes beaucoup plus cultivé et intelligent que vous voulez le paraître. Mais c'est un autre aspect de la personnalité de l'escroc, cela : adopter un rôle, incarner un personnage. De cette façon, ils ne se « voient » pas en train de tromper autrui. Ils se cachent une réalité d'eux-mêmes qui est évidente pour tous les autres, à savoir que ce sont des criminels.

Je dois admettre que le petit psy n'avait pas tort, sur ce point : dans tous les montages douteux que j'ai conçus – celui-ci étant le seul pour lequel j'ai été pincé –, je n'avais jusqu'alors jamais réfléchi à l'éthique de l'arnaqueur. Pourquoi l'aurais-je fait, d'ailleurs ? Mes magouilles ont toujours contenu une certaine dose de légalité. Par exemple, si la société bidon que j'avais conçue devenait rentable, les pigeons que j'avais entraînés dans l'aventure auraient été associés aux bénéfices ; simplement, je savais que les chances qu'elle commence à engranger des profits ou à rapporter des dividendes boursiers étaient aussi élevées que celles que je devienne l'imam en chef de Kaboul. Mais il n'était pas question de penser à tout cela pendant que je menais mon opération, et même quand la Commission de contrôle des marchés financiers a essayé de me sodomiser avec du fil de fer barbelé pour me faire cracher le morceau ma principale préoccupation a été de me débrouiller pour éviter la taule, non de considérer des questions hautement morales telles que « suis-je un salaud ? ». D'autant que je connaissais la réponse : Un peu, connard !

Parce que, contrairement à 90 % des imbéciles qui se retrouvent au schnouf sur cette terre, j'ai au moins la satisfaction de pouvoir dire ceci : je me connais. Et quand on se connaît soi-même, on n'a pas besoin d'un psy boutonneux pour vous dépeindre les déficiences de votre moralité. Nous devons tous survivre, n'est-ce pas, occuper notre temps comme nous le pouvons, et ce soir-là, après l'audience et le désagréable échange avec Silverstein, cela se résumait pour moi à un seul objectif : me pinter méchamment.

Une fois l'avocat pontifiant disparu, je me suis mis à boire sérieusement. Je me trouvais dans l'un des rares bars de la ville rescapés de l'époque où Manhattan n'était pas encore la chasse gardée des frimeurs chichiteux. « The Blarney Stone », l'établissement en question, appartenait à la vieille école des rades irlando-américains : mal foutu, à peine éclairé, envahi par une odeur persistante de chou bouilli et de pisse chargée de bière. La bouffe était à chier, la bibine à la pression guère meilleure que du pissat d'âne, le sol n'était balayé que tous les deux jours ou plus, mais quand on veut se beurrer sans dépenser des mille et des cents, dans un endroit où la clientèle de flics, de pompiers et de chasseurs de prime ne vous traitera pas de sociopathe, la « Pierre de Blarney » était une solution acceptable, d'autant que les « chaudronniers » – un verre de mauvais bourbon, une pinte de bière – y étaient offerts au prix imbattable de 4,50 dollars TTC.

Après le départ de Silverstein, j'en ai bu un deuxième, puis quatre de plus au cours de l'heure et demie suivante, tout en méditant sur le fait que le refus de nous laisser marcher sur les pieds détermine très souvent notre destin. Au début du XXe siècle, les tenants du darwinisme social professaient que seuls les plus forts survivent dans un monde où l'on risque tout le temps de se faire bouffer par plus gros que soi. Pas étonnant que la vie conjugale m'ait si peu réussi, ai-je pensé : non seulement l'idée même de fidélité m'inspire une sainte horreur, mais celle que je serais « obligé » d'aimer la femme en question dépasse complètement mon entendement. Je veux dire que bon, je suis capable de manifester une dose d'amour acceptable, jusqu'à un certain point, mais de là à accorder ma confiance sans partage à qui que ce soit, épouse ou pas…

C'est ce que Doris, ma bourgeoise numéro deux, une ancienne mannequin spécialisée dans les bikinis reconvertie en analyste financière – pas mal, comme trajectoire professionnelle, non ? –, déplorait sans cesse, chez moi. « Tu es incapable de te montrer sous ton vrai jour », a-t-elle dû soupirer deux cents fois en ma présence, à quoi je répondais : « Ah, je vois que tu as encore lu un de ces bouquins de psychologie de crémière. Tu savais très bien qui j'étais quand tu t'es mise dans cette galère, alors épargne-moi tes jérémiades sur mon putain de subconscient. C'est un mari aux petits oignons que tu veux ? Dans ce cas, divorce ! »

Et c'est ce qu'elle a fini par faire, non sans attendre près de cinq ans avant de finir par en avoir sa claque de moi. Quand elle a décidé d'appuyer sur le détonateur, elle a embauché pour l'aider l'un de ces avocats-tueurs qui s'est fixé pour but principal de m'étrangler avec mes tripes. C'est à ce moment que j'ai expédié tout le cash que j'avais encore dans un paradis fiscal et que j'ai pris un congé de trois piges à Panama. Possiblement le coin le plus barbant de la terre, Panama ; un refuge plein de soleil pour des gens pleins d'ombre, comme disait Somerset Maugham, mais aussi une bonne planque pour moi. Et lorsque Doris en a eu sa claque de se ruiner en frais judiciaires sans arriver à me mettre la main dessus, elle a accepté un règlement « à l'amiable » qui m'a permis de rentrer au pays des billets verts. Là, il a bien fallu que je gagne ma croûte et j'ai donc mis au point une série d'arnaques qui m'ont renfloué jusqu'à ce que certains de mes clients commencent à s'inquiéter de l'état réel de leurs investissements et que…

Il y en avait un, surtout, qui ne m'a pas lâché la grappe une minute. Platt, il s'appelait. Caricature de snob de Nouvelle-Angleterre, depuis peu à la retraite après avoir s'être occupé des chicots de toute une bande de réacs puritains dans son style – le genre à avoir « Thaddeus Wentworth III » pour prénoms –, cet ancien dentiste avait une baraque à Beacon Hill, quartier snobinard s'il en est à Boston, une sorte de manoir quelque part dans le Maine et une épouse cauchemardesque, une « Jewish American Princess » dont il n'arrêtait pas de se plaindre mais qu'il n'aurait lâchée pour rien au monde, la famille de la dame étant à la tête de la principale chaîne de pressings à Cleveland – et le pressing, c'est une valeur sûre. Bref, le zigue était bourré aux as, obsédé par la gestion de ses avoirs et, pour couronner le tout, toujours prêt à se vanter du cinq-étoiles des Bermudes où il venait de passer quinze jours. Nous avions été mis en contact par un courtier qui m'avait fait gagner un peu de thune à mon retour de Panama – n'allez pas croire, mes plans n'ont pas « tous » été foireux –, et Platt avait assez vite accepté de me confier la jolie somme de cent cinquante patates : rien d'extraordinaire, puisque d'après le broker en question c'était ce qu'il dépensait habituellement en un mois.

Lorsque mon montage s'est effondré, Platt en a bouffé sa cravate. Bon, « tous » mes investisseurs étaient blêmes, évidemment, mais lui est devenu positivement maboul. Dès qu'il a appris qu'il avait perdu sa mise – laquelle était censée lui rapporter le triple en deux ans –, il a commencé à me téléphoner nuit et jour et à répéter qu'il me ferait rendre gorge même s'il devait me poursuivre jusqu'à l'autre bout de la terre. La vengeance est devenue une obsession, chez lui. À chaque fois qu'il m'accablait de ses menaces, on aurait cru un mélange de prophète biblique légèrement déjanté et de Dracula. Et c'est ce zombie qui est allé tout balancer à la Commission de contrôle des marchés financiers, et à la presse, avant d'assister à chaque audience de mon procès, sans en louper une, me fusillant du regard depuis le premier rang du public. C'est lui, également, qui s'est mis à beugler : « Voleur ! Filou ! » quand le verdict a été prononcé, au point que le juge a dû le menacer de l'inculper d'outrage envers la Cour et de le faire jeter dehors par les gardiens. En réalité, je m'attendais à moitié à le voir me fondre dessus dès que je descendrais les marches du tribunal, mais il avait dû être tellement impressionné par l'engueulade du juge qu'il avait préféré se faire oublier. Et là, assis dans la taverne glauque, j'ai vite conclu qu'il ne m'avait pas non plus suivi jusque dans cet antre de perdition.

Deux heures après la retraite de Silverstein, je continuais à enfiler les petits verres de Jim Beam et les bocks de bière coupée de flotte tout en ruminant sur mes perspectives d'avenir proches. Oui, j'allais m'amender, embrasser le bouddhisme, planter un arbre chaque année, essayer d'apprécier la beauté d'une existence humble et laborieuse, me porter volontaire dans une léproserie du Burkina Faso et… Bon, si vous êtes prêt à avaler des couleuvres pareilles, vous ne refuserez pas d'acheter des actions dans ma nouvelle société, pas vrai ? Le niveau de liquide s'élevant dangereusement dans ma vessie, je me suis levé pour aller pisser. À mon retour de ces toilettes particulièrement gerbantes – pourquoi nous autres mâles avons-nous tant besoin de marquer notre territoire en urinant partout ? Réponse : parce que les clients de la « Pierre de Blarney » sont habituellement pintés, et n'arrivent donc plus à viser –, j'ai découvert qu'une femme s'était emparée du tabouret que j'occupais jusque-là.

Elle avait à peine la trentaine. Elle était blonde. Jolie, si on aime le genre pom-pom girl. Des dents superbes, des nichons d'enfer. Un corps qui basculerait sans doute dans le look Rubens d'ici deux ou trois ans si elle ne faisait pas attention à son alimentation. Comme elle sirotait un Manhattan, les premiers mots que je lui ai adressés ont été :

— Qui commande des cocktails dans un bouge pareil ?

— Moi, a-t-elle rétorqué sans daigner me gratifier d'un regard.

— Vous devez être dans une sacrée panade, pour venir picoler ici…

— Je ne crois pas que ça vous regarde, si ?

— Peut-être que si.

— C'est votre conception d'une bonne entrée en matière, ça ?

— Ça dépend si vous avez envie qu'on entre en matière avec vous.

— Oh, laisse courir, Jacky…

— Moi, c'est Charlie.

— Nul à chier, comme nom.

— Charles Dickens ne serait pas d'acccord avec vous.

— Quoi, ses copains l'appelaient Charlie ?

— Bien vu ! Je peux vous offrir un autre Manhattan ?

— Je n'ai pas fini celui-là. Et je répète : laissez courir.

— Et si je n'ai pas envie de « laisser courir » ?

— Dans ce cas, je préciserai mon message en le renforçant et en disant : « Dégage de là ».

— Ce serait peut-être à vous de dire ça, vu que vous êtes assise sur mon siège.

Elle a fait mine de se lever en maugréant :

— Quel gentleman, vraiment !

— J'expliquais juste pourquoi je suis ici, près de vous.

— Vous voulez dire que ce n'était pas pour vous frotter à moi ?

— C'est une proposition ?

Cette fois, elle m'a regardé en face et m'a même accordé un quart de sourire, à la fois aguicheur et un peu tremblotant, ce qui m'a fait penser qu'elle avait probablement commencé à boire avant d'échouer dans ce rade.

— On sait jamais. Mais faudra sans doute que je vous envoie faire un tour à l'École de la drague, d'abord.

— Ah, je suis toujours prêt à parfaire mon éducation. Vous avez un nom, ma belle.

— Sherry. Comme cette boisson dégueu que les Anglais adorent.

— Votre père était alcoolique, ou quoi ?

— Exactement !

— On est à égalité, sur ce plan. Mais le mien, c'était pas du sherry, qu'il buvait.

— Le mien non plus. Son truc, c'était le whisky à deux balles.

— Ah ? Pourquoi il ne vous a pas appelée Johnny Walker, alors ?

— Parce que c'est pas du scotch minable, ça. Mais vous, au niveau du comique, vous l'êtes carrément. Minable, je veux dire.

— Moi ? Je suis brillantissime, vous voulez dire…

— Oui ? Et qu'est-ce que vous fabriquez dans un bar pourri comme celui-là ?

— Pareil que vous : je me déchire à petit prix. Mais on pourrait très bien aller ailleurs.

— C'est une proposition ?

— Et comment.

— Et si je dis « Emmenez moi dîner quelque part », la réponse sera… ?

— Si c'est le prix pour pouvoir vous mettre la main où je pense…

— Salaud !

— Absolument. Mais c'est exactement ce que vous voulez. Que je vous mette la main où je pense. C'est une évidence.

— Qui c'est qui écrit vos répliques ? À votre place, je le virerais tout de suite.

— Écoute, allons à l'essentiel, d'accord. On se casse d'ici, on va chez moi et…

— Il faut que je mange quelque chose, d'abord.

— Bon. Donc il faut que je t'emmène dîner.

— Ça peut être un foutu McDonald's, je m'en fiche. Il y a des heures de ça, quand j'ai commencé à noyer mon chagrin, je me suis dit que j'allais emballer le premier type présentable qui croiserait mon chemin. C'est pas que vous soyez présentable, hein, mais enfin, vous êtes là, vous êtes pas encore totalement pinté et je suis sûre que vous diriez pas non à un peu de rigolade. Mais avant quoi que ce soit, vous devez m'amener manger un morceau quelque part. Quoi, c'est un problème ?

— Quoi, j'ai l'air d'avoir un problème ?

— Puisque vous demandez, ouais. Vous avez l'air d'un mec qui a trois mille problèmes, même, et vous n'impressionnez personne avec tes allures de dur. En fait, vous avez l'air d'être un problème à vous tout seul. C'est toujours le style de gus sur lesquels je tombe, moi : les types à problème.

— Et toi, tu n'as pas vraiment l'air d'une bonne sœur, si ?

— Moi ? J'ai pris le voile la semaine dernière. Et quand tu vas me tirer tout à l'heure, appelle-moi Sœur Teresa et je te jure que je vais jouir comme tu as jamais vu.

J'ai dévisagé Sherry, assez soufflé. Mon cerveau pas mal embrumé par l'alcool s'interrogeait : est-ce qu'elle avait réellement dit ce que je croyais avoir entendu ? Comme si elle avait lu mes pensées, elle a repris :

— Tu m'as bien entendue, ouais. C'est toujours pareil, avec les types comme toi : vous jouez à Superman, à Monsieur Grosse Pine, mais dès qu'une nana sort de sa case et se met à parler comme un mec, ça vous choque, ça vous déstabilise complet.

— Moi, « choqué » ? Moi, « déstabilisé » ? La bonne blague !

— Zéro blague. Ah, je me tiens une faim ! Alors, on se barre d'ici ou non ?

Il y avait du défi dans sa voix, très comparable à la provocation du « franchis un peu cette ligne si tu oses » que les bizuteurs m'ont si souvent servie dans la cour de récréation au temps où j'étais gosse. J'étais plutôt une mauviette, à l'époque, l'éternel souffre-douleur, jusqu'au jour où j'en ai eu assez de leurs conneries et où j'ai fait sauter deux dents de devant à l'un de ces abrutis en lui envoyant un coup de raquette de tennis en pleine poire. Depuis, je monte systématiquement la mise dès que quelqu'un me cherche, et c'est pourquoi je lui ai répondu avec un sourire tranquille :

— D'ac', je t'emmène. Et puisque tu as dit que tu te contenterais très bien d'un foutu McDonald's, c'est là qu'on va aller. Dans un foutu McDonald's.

Elle m'a jaugé d'un œil furibard, puis :

— Dès que je t'ai vu, j'ai su que tu avais la classe. – Après avoir vidé son verre d'un trait, elle a lancé : – On est partis, Charlie !

Passant son bras sous le mien, elle m'a entraîné dehors. Notre sortie tenait plus du slalom que d'autre chose, en réalité, parce que nous étions l'un et l'autre plus que pompettes. Dès que nous sommes arrivés sur le trottoir en chancelant un peu, le téléphone portable de Sherry s'est mis à sonner. Elle l'a extrait du petit sac de soirée qu'elle tenait dans la main, un accessoire assorti à la robe-fourreau rouge qui enserrait ses formes comme une camisole de force. Elle a ouvert l'appareil :

— Quoi, qu'est-ce que tu veux ? Dans le Village, ouais… Ce que je fais ? Tu te prends pour qui, mon putain de paternel ? Après, je rentre à Jersey, ouais… À la maison, ouais ! Et je commence à en avoir marre que tu me fliques comme si j'étais une ado à la con… Ah ouais ? Ah ouais ? Eh bien, si c'est comme ça, tire-toi de ton Vegas de merde, prends le premier zinc et reviens par ici essayer de me foutre encore une branlée… Sauf que cette fois, j'aurai une petite gâterie pour toi… Comme t'envoyer une bouteille d'acide à la tronche… Ouais ! Hein ? Toi aussi, connard !

Elle a refermé brutalement le portable.

— C'est beau, l'amour, l'ai-je taquinée.

— Un malade mental, voilà ce qu'il est !

— De qui s'agit-il, au juste ?

— De mon imbécile, mon taré de mari.

Je me suis senti dessoûler, pendant quelques secondes. Je l'ai dévisagée un moment :

— Parce que… tu es mariée ?

— Quel esprit logique, c'est impressionnant ! Si je parle d'un mari, c'est que je suis mariée, non ?

J'ai jeté un coup d'œil à sa main gauche. Pas d'alliance. Mais elle avait une grosse bague à la droite, qui ne semblait pas du toc.

— Pourquoi pas d'alliance, alors ? ai-je raisonné.

— Je la lui ai jetée à la figure et je lui ai dit de se la mettre dans le fion quand j'ai découvert qu'il me trompait avec la chef-pâtissière.

— Avec la… ? Ça, c'est nouveau ! Raconte.

— Je te mettrai au parfum pendant le dîner. Mais attention : tu dois me laisser choisir le McDonald's.

— Pourquoi ? Pour que ton mari puisse se pointer là-bas et me défoncer le crâne avec une massette ?

— Hé, pas de mélo avec moi, Charlie ! D'ailleurs, puisque tu as écouté ma conversation téléphonique, tu…

— Quoi ? Tu braillais en stéréo dans ton bigophone !

— … Tu dois avoir compris qu'il est à Las Vegas. À une convention. Et comme il doit prononcer un speech important là-bas, sans parler du fait que la chef-pâtissière est avec lui, ça m'étonnerait qu'il se donne la peine de rentrer cette nuit rien que pour avoir le plaisir de te zigouiller.

— Ravi de l'apprendre. Parce que bon, j'avais pas vraiment en vue un tas de souffrances physiques, ce soir…

Elle a passé son bras autour de moi.

— Sauf si c'est moi qui les inflige, c'est ça ?

— On peut dire que tu sais parler à un mec, toi.

Soudain, elle a levé son autre bras et un taxi qui était garé un peu plus loin a démarré pour venir à notre hauteur.

— Quelle chance ! a-t-elle constaté. Il nous attendait.

— On va où ?

— Comme j'ai dit, c'est moi qui choisis.

J'ai ouvert la portière pour elle. L'habitacle était typique des tacots new-yorkais, de nos jours : puanteur de graisse de fast-food et de transpiration trop abondante du chauffeur, et à peine assez de place pour caser deux paires de jambes. Nous nous sommes entassés là-dedans. J'ai lancé un coup d'œil à la plaque d'identité du conducteur. Son nom était une kyrielle de voyelles que seul un natif du Kazakhstan serait capable d'inventer, et de prononcer.

— Vous faites le New Jersey ?, lui a demandé Sherry.

— Je fais pas Jersey, a-t-il répondu avec un accent à couper au couteau.

— Et si je vous proposais une centaine de dollars pour y aller ? Vous diriez quoi ?

— J'dirais cent et cinquante.

— Cent vingt-cinq. À prendre ou à laisser.

— OK, prendre, prendre.

Sherry lui a indiqué une adresse, ajoutant que c'était « à peine à cinq bornes après le Lincoln Tunnel ».

— Qu'est-ce qu'on va foutre au New Jersey ? ai-je protesté.

— On se prend au passage un hamburger et un milk-shake avant de filer à un Holiday Inn qui est juste à côté de l'aéroport de Newark.

— Mais j'ai un appartement ici, en pleine ville !

— Je répète : c'est ma fiesta, c'est moi qui décide.

— Mais si ton mari apprend que…

— T'es sourd ou quoi ? Sal est à Vegas, merde !

— Tu es mariée à quelqu'un qui s'appelle… Sal ?

— C'est le blaze de cet enfoiré, oui.

— Mais s'il est à Las Vegas, pourquoi est-ce qu'on doit aller dans le New Jersey ?

— Parce que je sais qu'il va téléphoner à la maison vers minuit pour vérifier où je suis. Quelle heure il est, maintenant ? Huit plombes ? Ça nous laisse le temps pour un dîner aux chandelles dans un McDo, un rapide transfert à l'hôtel et trois bonnes heures de tu sais quoi. Faut que je sois sur la route du retour chez moi à onze heures et demie, maxi, vu que j'habite Short Hills, c'est-à-dire à trente minutes de l'aéroport. Si je suis dans un tacot à onze heures et demie pétantes, je peux…

— Tu as tout calculé, je vois.

— Quand on trompe un mec qui s'appelle Sal, on a intérêt à couvrir son cul.

J'ai failli objecter que la métaphore n'était pas des plus appropriées, mais j'étais trop occupé à essayer de faire remonter ma main sous la jupe de Sherry. D'un geste décidé, elle l'a retirée de sa cuisse :

— Tu es toujours comme ça, tout de suite agressif ?

— Absolument. C'est ma devise, même : « Tout de suite agressif ».

— Vachement subtil.

— N'est-ce pas ?

J'étais déjà à moitié sur elle. D'accord, je reconnais que je ne faisais pas dans les nuances, en matière de sensualité et d'érotisme, mais un certain manque de finesse n'est pas étonnant quand on est rond déchiré et que l'on se trouve à l'arrière d'un taxi brinquebalant en direction de Newark et d'une partie de jambes en l'air avec une inconnue aussi brutalement franche qu'une professionnelle, par ailleurs mariée à un individu dont le surnom semblerait indiquer une appartenance à la mafia. Si Cherry m'a encore une fois refusé l'accès à son intimité la plus secrète, elle ne m'a pas empêché de lui baver copieusement dessus et elle m'a même donné l'impression de réagir favorablement à mes attouchements et langotemens. Cela dit, elle était aussi bourrée que moi, un état dans lequel mon expérience m'a appris que les sens peuvent s'échauffer singulièrement et la raison se brouiller gravement, laissant une femme par ailleurs plitôt réservée prête à baiser une porte ouverte.

Captivé par mes tentatives d'atteindre les amygdales de Sherry avec ma langue, je n'ai pas remarqué que nous avions plongé dans les entrailles du tunnel Lincoln, pas plus que je n'ai pu admirer notre entrée dans cette bucolique contrée qu'est le New Jersey, plus précisément la banlieue blafarde d'un bled nommé Secaucus, un trou déprimant dans lequel j'avais opéré plusieurs incursions au temps où je sniffais régulièrement de la blanche, étant en rapport avec un dealer assez secoué qui s'était exilé là-bas. C'était un Haïtien affligé d'un bégaiement chronique et d'une collection de poupées vaudou, qui était devenu accro aux airs de music-hall de Broadway, de sorte qu'il avait toujours un disque d'Ethel Merman passant à plein volume à chaque fois que je venais récolter quelques grammes. Pas étonnant que la coke soit la came la plus abêtissante de toute l'histoire des drogues : non seulement elle démolit vos fosses nasales et votre compte en banque, mais elle est aussi capable de transformer un réfugié francophone échappé d'un petit enfer des Caraïbes en fana d'Annie Get Your Gun… Mais assez de digressions.

Secaucus, New Jersey : le Paradis perdu de la Côte Est la plus marécageuse qui soit. Nous avons roulé au milieu d'une enfilade de stations-service, de supermarchés et de d'établissements de fast-food, le paysage habituel de ce riant État, et puis, s'élevant soudain devant nous, il y a eu la double arche dorée du McDonald's local. Sherry, qui se collait toujours contre moi et avait entre-temps glissé une main dans ma braguette, ce qui était loin de me déplaire, a dû saisir du coin de l'œil la lueur hallucinogène du célèbre symbole d'un jaune orangé car elle m'a repoussé un moment et lancé :

— On y est, l'ami !

Le chauffeur a grommelé quelque chose en kazakois ou je ne sais quel patois on pratique dans tous ces pays dont le nom finit par « stan ». Quand nous avons fait halte devant le McDo, il a prononcé :

— Cent vingt et cinq.

— Paie-le, m'a ordonné Sherry.

— Jamais de la vie.

— Quoi, tu attends que je te laisse me troncher et que je paie le taxi, en plus ? Ça va pas, la tête ? Radin !

— Si seulement on était allés chez moi, on…

— Ha ! On est constipé du portefeuille, c'est ça ? On se dit qu'on va se taper un peu de chatte sans dépenser un radis ? Attends, la suite, c'est quoi ? Tu vas vouloir que je raque pour mon cheeseburger, peut-être ?

— D'accord, d'accord !

Excédé, j'ai tiré de ma poche deux biftons de cinquante, un de vingt et un de cinq, que j'ai tendus à l'homme des steppes.

— Voilà, c'est payé.

J'ai ouvert la portière à la volée. Le chauffeur a relevé la tête, lançant d'une voix indignée :

— Pas pourboire, pas pourboire !

— Après m'avoir extorqué cent vingt-cinq balles pour traverser le fleuve ? Dans tes rêves, Abdallah.

— Moi pas appeler Abdallah, toi radin !

— Ah, content de voir que tu singes ma charmante amie ici présente. Elle pourrait peut-être te donner des leçons de diction, pour la peine. T'apprendre à causer en new-jerzois.

— Va chier, con sale !

— Quel riche vocabulaire tu as accumulé, ô grand chef de tribu ! Allez, on se reverra à ta comparution avant d'être éjecté de ce pays.

Nous avons quitté le véhicule tous les deux.

— Tu es toujours aussi aimable avec les gens ? s'est enquise Sherry.

— Absolument.

— Je parie que tu es dans le business, quelque chose de super compétif… compétitif.

— Quelle perspicacité.

— Un requin, ça se reconnaît tout de suite.

— Et toi, t'es pas… un barracuda.

— Ça, c'est sûr, mon gros. Tu crois qu'ils ont des chandelles, dans ce restau ?

— Bien entendu. Et aussi un joueur de sitar qui connaît tout le répertoire de Ravi Shankar. C'est le genre d'endroit pour ça.

— Tu es atroce.

— C'est ce que tout le monde me dit.

Nous sommes entrés. Immédiatement, une odeur caractéristique m'a attaqué les narines, l'odeur McDonald's, ce mélange de détergent sanitaire et de viande industrielle. J'adore McDonald's, pour ma part. J'aime son parti-pris démocratique, sa recherche du plus petit commun dénominateur entre les êtres humains, sa complète « sincérité ». C'est le territoire du basique, un havre pour tous ceux qui n'ont pas les moyens de s'offrir l'élégance, le raffinement, la jubilation épicurienne, qui veulent seulement se remplir la panse d'une nourriture bon marché, même si dommageable pour le système digestif. Au McDo, s'alimenter ressemble beaucoup à un trip peu coûteux : on inhale un Big Mac, un milkshake-chocolat, et on se retrouve à planer. Plaisir synthétique, ce qui est le seul plaisir qui existe, à moins de croire à quelque variation panthéiste. Peu importe que la majorité des consommateurs réunis sous les néons aient tous plus ou moins l'air d'être des naufragés de la vie. Ici, nous devenons tous les figurants d'une vaste satire sociale, les personnages d'un tableau de Hogarth. Les yeux caves, les fronts suants, les joues mangées d'acné perpétuel, les embonpoints effarants, toutes ces existences qui se télescopent, toutes ces histoires, farces ou tragédies…

Cette nuit-là, en observant mes comparses alentour, l'écrivain frustré s'est réveillé en moi. J'ai vu le corpulent voyageur de commerce qui essaie de caser ses anneaux de rideaux de douche à travers le New Jersey et qui, chaque mardi et jeudi, entre cinq et six heures et demie, nique une aide-comptable à moitié naine dans une chambre de Motel 6. J'ai vu le camionneur dont la femme vient de s'enfuir avec un évangéliste latino nommé Jesus. J'ai vu la vieille femme qui vient ici chaque jour à pied, quittant un moment le meublé minable qu'elle appelle son chez soi, qui compte chaque piécette en payant son hamburger-Coca et qui se demande pourquoi son avocat de fils, parti vivre sous le soleil de Floride, ne pourrait pas lui envoyer deux cents dollars par mois pour couvrir son loyer. J'ai vu le drogué envisageant dans sa tête le vol à la tire d'un sac à main qui, en deux secondes, lui donnera de quoi financer son prochain sachet de ganja. J'ai vu le couple de parents épuisés essayant de calmer leurs deux morveux hurlants qui se jettent leurs McNuggets à la tête et réclament en chouinant la babiole en plastique que la chaîne McDonald's offre chaque mois à ses jeunes clients. Et j'ai vu un arnaqueur beurré, flanqué d'une nana très blonde et très soûle qu'il vient de ramasser dans un pub irlandais décati…

Suivant les instructions qui m'avaient été données, j'ai allongé la thune pour notre dîner fin : deux Macs avec fromage, deux milkshakes-choco, deux frites. Et comme je suis toujours grand seigneur, j'ai laissé la caissière augmenter toutes les portions en « taille maxi ». Ensuite, nous nous sommes assis à une table dans un coin, sous un portrait géant de Ronald McDonald.

— Il parait que Michael Jackson a eu une histoire avec Ronald, ai-je annoncé.

— Ronald qui ? Reagan, ou McDonald ?

— Le deuxième. Enfin, ils ont peut-être fait ça aussi à trois, avec le chimpanzé de Michael…

— Il ne faut pas mal parler des morts.

— Mais il n'est « pas » mort ! Juste là-haut, au ciel, à batifoler avec les anges de moins de treize ans.

— Je peux te poser une question justifiée ?

— Je t’en prie.

— Tu souffres d’incontinence verbale ? Je veux dire, il faut absolument que tu exprimes tout ce qui te passe par ce cerveau malade que tu as ?

— Ton mari s’appelle Sal et tu dis que je suis malade ?

— Arrête. C’est quelqu’un de très important, Sal.

— Important pour qui ? Don Giuseppe ou je sais pas trop quel autre « Don » ?

— Je t’ai dit que c’était pas un gangster.

— Non. Il te traite juste comme de la merde.

— Tu sais pas de quoi tu parles. Il ne vit que pour son boulot, Sal.

— Qui est quoi, exactement ?

— Pardon ? Tu veux dire que t’as jamais entendu parler de Salvatore Bonaventura ?

— Etonnamment, non.

— C’est simplement le plus grand boulanger de tout le New Jersey.

— Si tu le dis, je te crois.

— Il est pas normal. Complètement ravagé. Sa vie, c’est ses boulangeries, rien d’autre. D’un bout à l’autre de l’État. Il se lève tous les jours à quatre du mat’. Hop, levé, parti. Je le revois pas avant sept heures le soir. Il rentre, il se jette dans son fauteuil en skaï. Son putain de BarcaLounger. Son putain de « trône », je dis ! Il attend que je lui apporte son dîner sur son trône, et ensuite il reste là, tous les soirs, à mater ses courses de bagnoles à la télé en he buvant de la bière. Deux packs de six, tous les soirs. Sans jamais me dire un mot. Rien qu’en rotant. Il rote en bouffant, il rote en éclusant ses douze canettes de Michelob. Et tous les soirs, tous les putains de soirs, il pisse dans son froc. Tu m’entends ? Il se pisse dessus !

Bien qu’elle ait répété cette dernière information

d'une voix perçante, personne n'a paru remarquer cet éclat. Pourquoi l'auraient-ils fait, d'ailleurs ? Le McDonald's de Secaucus, New Jersey, devait certainement être un endroit où les bizarreries de cet acabit étaient habituelles.

— Non, vraiment ? Dans son froc ? Tous les soirs ?

— Tous les putains de soirs, j'ai dit !

— Et tu supportes ça ?

— Je ne peux pas me sortir de ce mariage.

— On peut toujours se sortir de n'importe quoi.

— Facile à dire. Sal m'a prévenue qu'il me poursuivrait n'importe où, le temps qu'il faudrait : « Tu te barres chez les Esquimaux, j'envoie des types te traquer en traîneaux à chiens. Tu te trisses avec un burnous chez les Muslims, je fais donner les Marines ».

— Il a l'air d'avoir des super contacts, ton Sal.

— Oh, tu imagines pas ce que j'ai enduré ! L'esclavage féodal, carrément ! J'ai pas de boulot, pas de compte bancaire à moi, aucune liberté. Tous les soirs, quand il revient à la maison, il bloque ma Mini dans l'allée avec son énorme Lexus à la con. Si je suis pas là à son retour, il me fout une mandale. Il se pisse dessus, il faut que je nettoie. J'en… peux… plus… c'est… trop… affreux…

La cadence mécanique de cette dernière phrase m'a amené à me demander s'il n'y avait pas eu de nombreux autres confidents qui avaient dû écouter ces pleurnicheries avant moi. À vrai dire, je n'étais pas du tout bouleversé par ses intonations mélodramatiques à la Bette Davis, mais enfin nous avons tous notre petite histoire à raconter, n'est-ce pas ? Nous tenons tous à ce roman bâclé qu'est notre existence respective. C'est le seul radeau auquel nous puissions nous raccrocher, cet effort pour nous convaincre nous-mêmes que notre passage sur la planète Terre a le moindre sens, que l'absurdité de notre agitation quotidienne n'est pas totalement vaine, tous ces cris, toutes ces disputes, tout le stress, toute l'ambition, toute la cupidité, tout ce temps passé à amasser et à dépenser, tous ces désirs, tout le besoin de cul, toute la solitude, toute la peur…

La peur, surtout : cette trouille d'être démasqué un jour, de voir le monde découvrir la créature avide et sans substance qui se cache derrière chacune de nos façades. Et celles-ci peuvent être les plus élaborées qui soient, présenter aux autres l'image du gagneur, de la star, de l'omniscient, elles ne nous épargnent pas la colère et la terreur qui nous assaillent dès que nous sommes en tête à tête avec nous-mêmes, quand nous constatons que oui, décidément, nous sommes « trop humains ». Parce que nous savons que le temps au front de taureau fonce en avant sans se soucier de notre petite personne ou de nos immenses doutes intérieurs. or your immense internal conflicts. « À quoi bon ? » reste la seule vraie question. Surtout que d'ici cinquante, soixante ans, nous ne serons plus là, nous aurons été simplement remplacés sur scène par une nouvelle troupe d'acteurs qui recommenceront à jouer les mêmes tragédies, les mêmes scénarios rabâchés. Je me rappelle ce qu'un prof d'études classiques m'a dit un jour à la fac : que les Grecs avaient compris que l'histoire humaine se résume à dix thèmes tragiques de base, et que sept d'entre eux sont fondés sur une illusion.

Maintenant, si vous voulez savoir ce qu'un voyou comme moi fabriquait en étudiant le grec ancien, je vous répondrai ceci : pourquoi un voyou ne pourrait-il pas tirer une ou deux leçons de la lecture d'Eschyle ? Notamment si le saligaud en question n'a pas arrêté de constaté la tendance qu'a la vie de déraper constamment en tragédie… Ah, c'est pas étonnant, comment notre subconscient nous joue des tours ? Me voilà en train de bouffer un cheeseburger taille XXL, d'écouter la craquante Sherry pousser une goualante à propos de son boulanger énurésique de mari, et en même temps me reviennent à la tête la théorie de la tragédie qu'Aristote développe dans sa *Poétique*, sa définition de concepts aussi bien foutus que l'« anagnorisis » (passage de l'ignorance au savoir) ou la « catharsis » (purgation de la pitié et de la crainte)…

En fait, j'ai eu une méga « anagnorisis », à ce moment-là : j'ai découvert que j'avais un besoin urgent de me casser de ce McDo, de gagner l'Holiday Inn le plus proche avec Sherry, de tout oublier pendant quelques heures en étreignant le corps d'un autre être humain aussi paumé que moi, puis de la mettre dans un taxi, de la renvoyer à son mari mafieux, de revenir me pieuter et de me réveiller le lendemain avec une gueule de bois du feu de Zeus avant de me demander : « Bon, je fais quoi, maintenant ? » Vu que j'étais maintenant un criminel lavé de tout soupçon, disposant d'une réserve de cash hors de portée de l'Oncle Sam et équipé de la lucidité suffisante pour méditer le prochain coup fumant, la nouvelle filouterie possible, juste de quoi s'occuper l'esprit, combler le vide, passer le temps.

Et Sherry paraissait sur la même longueur d'onde que moi. Même s'il était peu probable qu'elle soit en train de penser aux textes classiques – à moins qu'elle ait un goût secret pour Sapho ? –, l'appel de la chair devait la préoccuper puisqu'elle a annoncé en attrapant ma main et en la serrant dans la sienne :

— J'ai pas eu de relation sexuelle depuis deux ans.

— Ça fait beaucoup.

— Mais comment j'aurais pu, avec Sal qui me quitte jamais de l'œil ?

— Je croyais qu'il était tout le temps en déplacement, à vérifier que ses cannoli sont correctement fourrés dans ses magasins de Paterson ou de Montclair…

— Il s'occupe pas des cannoli ! C'est le boulot de la chef pâtissière. Celle qu'il est présentement en train de sauter dans la suite Cléopâtre du « Louxor » de Vegas. Moi, je suis juste censée éponger sa pisse ; Melody, elle, a le droit de dormir avec ce vieux dégoûtant dans un lit circulaire avec l'image du putain de Sphinx sur tout un mur !

— Parce qu'elle s'appelle Melody, la chef ?

— Ça te défrise ?

— Non, je m'en fiche complètement.

— Comme tu te fiches de tout ce qui n'est pas toi. – Elle a consulté sa montre. – Bon, tu as fini ton Mac ? J'ai pas exactement tout mon temps, là. Il est déjà neuf heures et quart. Ça fait quinze minutes de perdues sur notre passage à l'Holiday Inn.

J'ai poussé de côté le hamburger à moitié intact.

— On est partis.

— Ouais. Faut appeler un taxi, à moins que tu aies un tapis volant disponible…

— Hé, mon cousin Schlomo, de Bagdad, il peut t'en trouver un à prix de gros.

— Y a pas de Schlomo à Bagdad.

— Fais confiance à un membre de la Tribu : il y a toujours un Schlomo quelque part.

— Quoi, tu es juif ?

— C'est un problème ?

— J'aime bien les garçons juifs. Ils sont intelligents… même quand ils sont cons.

— Finement observé.

— N'est-ce pas ? Bon, je crois que j'ai la carte d'une agence de limousines qui est dans le coin.

Si c'était le cas, ça signifiait qu'elle venait régulièrement à Secaucus, et donc que cette histoire de « pas de sexe depuis deux ans » était de l'esbrouffe, une façon de me faire croire que j'étais un rare et heureux élu extirpé des ténèbres d'un pub irlandais afin d'offrir à l'irrésistible Sherry le réconfort dont elle avait tant besoin dans les environs de l'aéroport de Newark. Mais l'une des règles d'or des rencontres de bar, c'est de ne jamais mettre en cause la plausibilité du baratin servi par la personne rencontrée tant que l'on n'est pas arrivé au lit ; autrement, la soirée est très susceptible de tourner en eau de boudin, avec zéro rétribution à la clé. En conséquence, j'ai fermé ma grande bouche pendant qu'elle sortait une carte de visite de son sac, appelait le numéro en question et expliquait où nous nous trouvions. La communication terminée, elle a annoncé :

— La limousine sera là dans cinq minutes.

— Ils ont vraiment des limousines, à Secaucus ?

— Fallait continuer la fête sur le même pied classieux, non ? On va arriver à l'Holiday Inn comme des vedettes de ciné.

Nous sommes sortis. Dehors, il faisait une chaleur de four et l'air était tellement surchargé de vapeurs d'essence qu'il en devenait visqueux, s'accrochant comme de la poisse à tous mes vêtements. La limousine a surgi comme par magie. Pas une de ces bagnoles de vingt mètres de long qui trimballent les stars mais tout de même une berline noire assez chouette, avec vitres teintées. J'ai apprécié ce dernier détail, qui promettait un environnement protégé pour les privautés qui n'allaient pas manquer de se produire sur le chemin de Newark. Le chauffeur, un Irlandais adipeux mais muni d'une casquette professionnelle et, touche encore plus classe, de lunettes de soleil en pleine nuit, est descendu du véhicule pour nous ouvrir la portière, mais Sherry s'est immobilisée sur le trottoir. Elle s'est mise à fouiller hystériquement son petit sac.

— Un problème ? me suis-je enquis.

— Chiasse ! J'ai oublié mon portable sur la table ! Vas-y, monte, reste pas dans cette fournaise. Je reviens tout de suite.

Elle est retournée au McDo en courant. Le chauffeur m'a dit « Je vous en prie », je me suis incliné pour pénétrer dans la Lincoln Town Car et c'est là que tout a basculé en un clin d'œil, parce que j'ai senti une main m'attraper par le collet avant que l'Irlandoche me tombe dessus de tout son poids et que je m'écrase sur la banquette arrière. La portière s'est refermée en claquant. Quand j'ai relevé la tête, j'ai vu que la main – qui m'agrippait toujours – appartenait à quelqu'un habillé tout en noir et affublé de l'un de ces masques de ski noirs tellement prisés par les casseurs de banque et les terroristes. Ce type avait une poigne de fer, ce qui m'a été confirmé lorsqu'il a saisi mon bras pour le tordre d'une manière extrêmement désagréable. De sa main libre, il a planté quelque chose de très pointu dans mon avant-bras droit. Instantanément, mon organisme a été envahi par une sensation de torpeur irrésistible. J'ai eu le temps d'entendre une autre portière claquer, de pousser un cri inarticulé qui s'est éteint dans ma bouche, d'être secoué par le démarrage en trombe de la voiture. Ensuite, tout s'est effacé autour de moi.

À mon réveil, j'ai eu l'impression d'émerger d'une virée de trois jours sans une minute de sommeil. Mais le mot « réveil » décrit sans doute mal mon retour cahotique à un état vaguement conscient qui m'a cependant permis de constater que j'étais ligoté sur une chaise, saucissonné avec une telle sévérité que mes bras et mes jambes étaient totalement engourdis. Instinctivement, je me suis débattu avant de me rendre vite compte que tout mouvement était impossible. J'ai voulu crier mais ma bouche était emprisonnée sous un bout de ruban adhésif. Lorsque ma vision s'est éclaircie, j'ai découvert deux hommes masqués debout devant moi, l'un et l'autre vêtus de noir de pied en cap. D'après ce que j'ai pu voir, j'étais dans une pièce dépourvue de fenêtres, sombre, humide, avec une seule ampoule nue pendant du plafond. Une cave.

L'un des masques a pris la parole :

— Charlie Zimmermann… Monsieur Millions de Dollars.

J'ai aussitôt reconnu cette voix. C'était celle du psychopathe qui n'avait cessé de me harceler depuis que ma société attrape-nigauds s'était crashée en flammes, celle qui avait hurlé « Voleur ! Filou ! » au tribunal, celle de Benjamin L'Emmerdeur, Benjamin Platt. J'ai essayé de dire que je savais qui se cachait derrière le masque mais il n'est sorti que des borborygmes étouffés de mes lèvres bâillonnées.

— Je sais ce que vous pensez, a continué le ninja. Vous voulez dire que vous me connaissez. Mais attendez que je vous explique quelque chose. Vous êtes actuellement dans ce qu'on appelle un « lieu de détention indéterminé », quand il s'agit d'une prise d'otages. En d'autres termes : ou vous jouez franc jeu avec nous, ou je vous garantis que vous ne reverrez plus jamais le ciel. Ni rien d'autre. Ce que je puis vous apprendre, aussi, c'est que vous vous êtes superbement jeté dans le petit piège que nous vous avons tendu. Nous, ce sont plusieurs des investisseurs que vous avez roulés dans la farine. Trois d'entre eux, pour être précis. Nous avons correctement prévu que vous alliez tenter quelque sale coup, comme par exemple d'acheter des jurés. Nous avons également conclu qu'il devait y avoir un moyen de nous payer la coopération de votre ancien associé et désormais respectable résident des îles Caïmans, Boris Spikov. Il se trouve que ce gentleman vous déteste tout autant que n'importe qui. Il estime que vous êtes l'individu le plus dépourvu de tout sens moral qui puisse exister, un constat intéressant de la part d'un escroc même pas repenti tel que lui… Et donc, il nous a volontiers fourni les numéros de tous vos comptes à l'étranger, en échange d'une jolie commission de 15 % sur ce que nous pourrions récupérer.

Il a marqué une pause avant de poursuivre :

— Alors, nous avons engagé la jeune dame que vous appelez « Sherry » et nous l'avons gardée prête à intervenir. Dès que nous avons constaté votre acquittement, il était facile de prévoir que vous alliez vouloir fêter votre victoire. Connaissant vos tendances éthyliques, nous avons tablé sur le fait que vous passeriez un long moment à vous imbiber et à vous féliciter d'avoir trompé tout votre monde, y compris le FBI et les ronds-de-cuir de la Commission de contrôle des marchés financiers. « Sherry » est actrice, dans la vie. Une excellente actrice, apparemment, puisqu'elle vous a totalement berné. Son silence est garanti par la somme très substantielle qu'elle a reçu de nous. Tout s'est déroulé conformément à notre plan, depuis le moment où vous l'avez trouvée sur votre tabouret à votre retour des toilettes jusqu'au taxi qui vous attendait tous les deux à la sortie du bar. Quant à l'histoire du mari, Sal, elle n'est pas de mon cru, le Seigneur m'en préserve, mais il se trouve que « Sherry » écrit des nouvelles à ses heures perdues, et qu'elle a une imagination parfois débordante. Quoi qu'il en soit, vous avez tout gobé. Pourquoi ? Parce que vous réfléchissiez avec votre queue, non avec votre tête. Un défaut très courant dans la population masculine, et qui vous a conduit… Eh bien, regardez où.

J'ai encore cherché à me libérer, à appeler au secours, mais tous mes efforts n'ont abouti à rien, sinon à manquer de m'étouffer avec les hurlements qui ne pouvaient sortir de ma bouche.

— Criez tout ce que vous voudrez, a dit le masque. De même que vous nous avez privés de l'argent que nous vous avions confié, nous avons décidé de vous priver du don de la parole. Vous allez suffoquer, si vous continuez ainsi, et ce n'est sûrement pas ce que vous voulez, non ? À moins que nous vous bouchions aussi les narines, au cas où vous n'accepteriez pas nos conditions ? Dans ce cas, nous vous regarderons mourir asphyxié. Une fin très pénible, d'après ce que j'ai lu…

J'avais sérieusement la trouille, à ce stade. En réalité, la peur me tenaillait depuis que j'avais émergé de mon évanouissement chimiquement provoqué, mais elle atteignait maintenant des proportions abjectes. Au point que je me suis senti m'oublier dans mon pantalon. Le masque l'a tout de suite remarqué :

— Juste Ciel, Monsieur Millions de Dollars mouille sa couche ! Est-ce que cela veut dire qu'il est disposé à traiter raisonnablement avec nous ?

J'ai secoué la tête violemment, la fureur venant s'ajouter à la trouille.

— Ce n'est pas la réaction que je souhaitais, a soupiré la sombre silhouette. Mais voici le marché que nous vous proposons, Charlie : nous avons les coordonnées de tous vos comptes bancaires, et nous savons que vous disposez aussi d'une forte somme en liquide déposée dans un coffre là-bas, aux Caïmans, un coffre dont ce cher Boris a la clé. Néanmoins, il ne pourra l'ouvrir, ni toucher à vos comptes, sans un pouvoir signé par vous…

J'ai dévisagé l'absence de visage, ébahi. Je venais de comprendre leur plan. Platt a lâché un petit rire en notant mon trouble.

— Eh oui, Charlie ! Vous êtes assez malin pour avoir compris la suite. Nous allons vous laisser sur la paille, tout bonnement. Nous avons ici un formulaire de pouvoir que vous devez signer, et le gentleman qui se tient à ma droite est un notaire ayant autorité de certifier votre signature sur ce document, lequel confie à votre grand ami Boris – qui est aussi notre représentant aux Caïmans, désormais – l'accès discrétionnaire à vos comptes et à votre coffre. Vous paraphez ce papier, nous vous droguons encore une fois, nous vous abandonnons quelque part et tout est réglé. Si vous tentez de nous chercher des ennuis, ou d'aller pleurer chez les flics… Mais vous ne feriez pas ça, hein, Charlie ? Parce qu'autrement les autorités concernées recevront copie de ce pouvoir, ce qui suffira à prouver que vous leur avez caché l'existence de ces fonds off-shore. On va en prison pour bien moins que ça. Alors, qu'est-ce que vous en dites, Charlie ?

La rage est une émotion paradoxale. Son intensité se nourrit précisément de la sensation d'impuissance qui peut vous accabler, de la conscience d'avoir à faire face à des forces qui vous dépassent. Mais, comme je l'ai appris ce jour-là, elle exprime aussi une haine encore plus tenace que celle dirigée contre vos adversaires, j'ai nommé la haine de soi… Et donc, tiraillé entre la peur et la rage, comprenant que ma seule planche de salut allait m'être retirée, j'ai pété les boulons. Je me suis convulsé sous mes liens, j'ai agité la tête comme un cinglé, j'ai beuglé une bordée d'injures qui n'ont eu d'autre effet que de réveiller des échos assourdissants dans mon crâne.

— Je déduis que c'est « non », a constaté calmement le masque.

Je lui ai lancé un regard meurtrier qui voulait dire : « Tu te crois capable de gagner cette manche, connard ? Tu penses que tu vas me mettre à genoux ? Tu ignores qui je suis et ce que j'ai en réserve. Ce que je vais te faire dès que je serais sorti de cette foutue cave. Crois-moi, tu vas pas aimer… » Et le masque a parfaitement capté le message contenu dans ce regard furibond, sans doute, puisqu'il s'est approché de moi, s'est penché en avant et m'a chuchoté dans l'oreille deux mots tout simples :

— Mauvaise réponse…

Mon œil a surpris un éclair argenté venu de nulle part. Un hachoir de cuisinier était apparu dans sa main. Plaquant l'une des miennes sur la table devant moi, le masque a abattu l'ustensile à la base de mon petit doigt gauche, appuyant de toutes ses forces. La douleur a été électrique, insensée. Un cri de bête a réussi à s'échapper de ma bouche. L'instant d'après, j'avais perdu connaissance.

J'ai repris conscience dans un brasier, ou du moins est-ce l'impression que j'ai eue, parce que des flammes semblaient lécher mon bras gauche jusqu'à l'épaule, accompagnées d'une violente odeur de viande grillée. C'est alors que j'ai découvert le Masque qui, armé d'un fer à souder, était occupé à cautériser le trou laissé par mon petit doigt coupé. La souffrance était tellement intolérable que mon cerveau a choisi la seule option restante : me renvoyer dans les pommes. Cette fois, je ne sais pas combien de temps j'ai disparu. Ce que je sais, par contre, c'est qu'à mon retour en terrain connu ma main gauche était anesthésiée au point de ne plus donner signe de vie. J'ai baissé les yeux sur la plaie noircie, sur la table tachée de sang et sur mon petit doigt soigneusement posé devant moi. J'ai ravalé péniblement la bile qui m'était montée à la bouche sans trouver d'issue. La voix du Masque m'est parvenue dans un brouillard :

— Je vous ai fait une piqûre de novocaïne pour vous faciliter un peu les choses. Cela dit, vous avez encore neuf doigts, Charlie, et je garde ce hachoir à la main. Si vous ne signez pas ce document dans les dix minutes qui suivent, ce sera au tour de votre pouce gauche. Et ensuite, un autre doigt toutes les dix minutes. À la fin, non seulement vous ne serez plus en mesure de tenir un stylo mais vous serez un pitoyable infirme. Maintenant, si vous croyez que je bluffe, attendez de voir votre pouce rangé à côté de votre petit doigt. Vous vous rappelez ce qu'on dit, quand la partie est sans issue ? « Retire-toi du jeu pendant que tu as encore l'avantage ». Vous êtes un suceur de sang tellement acharné que vous finirez par vous refaire un magot. Mais pas avec deux moignons en guise de mains.

Il s'est rapproché, la lame a lancé un nouvel éclair menaçant et, une fois encore, ma vessie m'a encore trahi, me laissant plus trempé que jamais. Sans lui donner le temps d'ajouter quoi que ce soit, et sans plus réfléchir, j'ai fait oui de la tête, oui, tout ce que vous voudrez… Par la fente de son masque de ski, j'ai vu un sourire satisfait se former. Il m'avait eu, et il le savait.

— Ça signifie que vous êtes prêt à signer, je suppose ? – J'ai continué à acquiescer du bonnet tel un automate devenu fou. – Certainement la décision la plus sage de toute votre existence, Charlie !

Dix minutes plus tard, le Masque a libéré ma main droite après m'avoir fait jurer par signes que je ne tenterais aucun geste inconsidéré. Venu se placer devant la table, le notaire tout aussi masqué a eu le front de me réciter le sermon d'usage, déclarant que j'allais parapher le damné formulaire de ma propre volonté – sérieusement ! – et attirant mon attention sur le fait qu'une clause du document rendait ce pouvoir irrévocable. Étais-je satisfait par ces dispositions ? À nouveau, je n'ai pu que hocher la tête comme un pantin, et signer tout ce que l'on me présentait. À la fin, le Masque a repris la parole :

— Je ne crains pas de me répéter, Charlie : si vous essayez de retrouver notre trace, ou d'alerter les autorités, ou de faire la moindre connerie… – Je secouais violemment la caboche de droite à gauche, maintenant. – Très bien, c'est exactement ce que je voulais entendre. Donc j'ai votre parole, si j'ose dire… Bon, voilà ce qui va suivre : primo, je vais vous injecter une substance assez forte pour vous assommer ; deuxio, vous vous réveillerez dans un endroit depuis lequel il ne vous sera pas difficile de regagner votre domicile. N'ayez crainte, je n'oublierai pas de mettre un billet de vingt dans votre poche, de quoi vous payer le taxi. En ce qui concerne votre, hum, « trésor de guerre », ne pensez pas que mon intention soit de vous plumer complètement. Je compte rembourser tous ceux qui ont été aussi idiots que moi pour faire confiance. Si jamais on me demande d'où je sors cet argent, je répondrai que j'ai fait un modeste héritage et que j'ai voulu réparer un sale coup dont nous avons tous été victimes.

Il s'est raclé la gorge discrètement.

— Mais quand vous allez vous remettre en selle, Charlie, et je ne doute pas que vous y arriverez, quand vous allez devoir inventer je ne sais quelles sornettes pour expliquer la disparition de votre petit doigt gauche… À ce propos, j'ai une suggestion : une baignade aux îles Caïmans qui tourne mal, close-combat avec trois requins, ça fait très souvenir de guerre à la Hemingway, vous ne trouvez pas ? En tout cas, à ce moment-là, rappelez-vous une chose : nous devons payer, tous. On croit qu'on va s'en tirer en jouant au plus fin avec de grandes catégories comme la Morale collective, l'Honnêteté, etc., mais s'il est un fait avéré, c'est que personne ne peut abuser ses semblables et en sortir complètement indemne. C'est une tache qu'aucun détergent ne peut effacer. Une cellule maligne qui se reproduit et qui finit, au mieux, par vous emporter un doigt. Et maintenant, sur ces bonnes paroles…

Une douleur aigue dans l'épaule. L'aiguille est entrée dans ma chair à peine deux secondes. Tout est devenu noir.

J'ai rouvert les yeux sous un ciel où l'aube pointait. Chaque muscle de mon corps, chaque os, chaque tendon étaient perclus comme si je venais de disputer un match en douze rounds avec le Grand Inquisiteur d'Espagne. Le pantalon de mon costume puait la vieille urine, ma bouche était aussi desséchée qu'après la traversée de deux déserts d'affilée. Les premiers rayons d'un soleil implacable ont agressé mes pupilles, mais m'ont aussi permis de me rendre compte que j'étais affalé sur un banc. Lcs effets de l'anesthésique s'étant dissipés, ma main gauche palpitait douloureusement sous un bandage impeccable.

Mon regard a erré un instant avant que je ne m'aperçoive que j'avais été stratégiquement abandonné en face d'un McDonald's. Où, dans quelle partie du vaste monde, dans quelle ville ou bourgade je l'ignorais encore ; mais si la vie moderne offre au moins une consolation, c'est que, même pour quelqu'un qui a tout perdu, il y a toujours un McDonald's dans lequel trouver refuge.

Quittant mon banc de jardin public sur des jambes flageolantes, je suis allé vers les arches dorées. J'ai poussé la double porte, avancé jusqu'au comptoir. L'employé de service était un jeune gars sino-américain sans doute prêt à assumer la vacation du petit matin pour gagner quelques dollars de plus afin de se payer son école de commerce. Son badge certifiait qu'il s'appelait Ricky. OK. Alors, Ricky m'adresse un sourire éblouissant et demande :

— Que puis-je faire pour vous par cette belle matinée ?

Malgré ma langue ensablée, je parviens à articuler :

— Café…

Le jeunot me regarde sans pouvoir ne pas noter le falzar maculé et fripé, le bandage dans lequel le sang a commencé à perler.

— Tout va bien, monsieur ?

— Non.

— Désolé d'apprendre ça, monsieur. Mais si je vous sers le café taille maxi pour le même prix, peut-être vous commencez la journée sur un meilleur pied ?

Je cligne des paupières. Des larmes sont apparues.

— De… D'accord. Mais je paie pour ça.

— Mais non, monsieur. La taille maxi est offerte.

J'avale ma salive, refoulant un sanglot. Sans y penser, je murmure le plus américain des adages :

— Rien n'est jamais gratuit.

Le garçon se penche en avant :

— Pardon ?

— Rien… n’est… jamais… gratuit.

Ricky médite ma réponse un instant. Il remplit un énorme gobelet de café, « maxi », me le tend et dit en souriant :

— C’est super de rencontrer quelqu’un d’honnête, vraiment !

Table des matières

Composé par Nord Compo
à Villeneuve-d'Ascq (Nord)

Imprimé en France par

MAURY IMPRIMEUR
à Malesherbes (Loiret)
en janvier 2015

POCKET – 12, avenue d'Italie – 75627 Paris Cedex 13

N° d'impression : 195210
Dépôt légal : février 2015
S25226/01